EIRAMANGO A'R TEBOT PINC

Eiramango
a'r Tebot Pinc

HARRI PARRI

GWASG Y BWTHYN

© Gwasg y Bwthyn 2003 ©

Argraffiad cyntaf Hydref 2003

Dymuna'r cyhoeddwyr gydnabod cymorth
Adrannau Cyngor Llyfrau Cymru.

ISBN 1-903314-63-1

Cynlluniwyd y clawr gan Ian Griffith

Cyhoeddwyd ac argraffwyd yng Nghymru
gan Wasg y Bwthyn, Caernarfon

CYNNWYS

I NAN
BRYSIA WELLA

CYDNABOD

Dau beth mae pob storïwr yn dyheu amdano ydi cefnogaeth a chynulleidfa. Gwerthfawrogais yn fawr ymddiriedaeth Cyngor Llyfrau Cymru yn fy nghomisiynu i ysgrifennu'r gyfrol ac yna, yn nes ymlaen, wahoddiad Pwyllgor Llên Eisteddfod Genedlaethol Maldwyn a'r Gororau 2003 i baratoi chwe stori awr ginio ar gyfer y Babell Lên. Penderfynodd Radio Cymru, hefyd, ddarlledu'r straeon. Bu'n gyfle, felly, i ladd tri deryn ag un ergyd.

Fel mewn sawl Eisteddfod Genedlaethol erbyn hyn, John Ogwen a wnaeth y wyrth o droi'r straeon ar bapur yn theatr fyw. O'r herwydd, fe lifodd y 'ffans' i'r Babell Lên, ddydd ar ôl dydd, a pheri i mi gredu nad oedd yr unigrwydd wrth greu a'r pryder am natur y deunydd ddim yn ofer.

Unwaith yn rhagor, cefais gymorth parod Llinos Lloyd Jones a'r Dr W. Gwyn Lewis i loywi'r gwaith a bu Ian Griffith, fel gyda'r cyfrolau eraill, yn gyfrifol am y clawr a'r lluniau. Bu Dr Gwyn Thomas mor garedig â darllen y gwaith a llunio cyflwyniad iddo. Yn olaf, diolch i Wasg y Bwthyn (Gwasg Pantycelyn gynt) am y parodrwydd i gyhoeddi'r gyfrol gan ddymuno'n dda i'r Wasg a'r gweithwyr ar ddechrau cyfnod newydd ac anturus yn ei hanes.

HARRI PARRI

RHAGAIR

'Wn i ddim beth a ddaeth dros ben Harri Parri i beri iddo feddwl fod arno eisiau Rhagair i'r llyfr hwn, nac unrhyw lyfr arall ganddo, petai hi'n dod i hynny. Os bu llyfr erioed nad oedd arno fo ddim angen Rhagair gan neb oherwydd dawn ac enwogrwydd ei awdur, hwn ydi o.

Y mae gallu ysgrifennu comedi go-iawn yn ddawn brin, ac yn un sy'n werth ei phwysau mewn aur. Y mae rhai ysgrifenwyr comedi yn gallu creu eu bydoedd eu hunain, bydoedd y mae'n iechyd i'n heneidiau ni gael troi iddyn nhw. Creodd P.G. Wodehouse fyd Jeeves a Wooster, creodd Woody Allen fyd yr Americanwr newrotig, creodd Gruffydd Parri fyd y Co Bach, creodd Wil Sam ei fyd hynod ei hun, creodd Gwenlyn Parry a Rhydderch Jones fyd 'Fo a Fe', a chreodd Mei Jones fyd 'C'mon Midffîld'. Byd a phobol Porth yr Aur ydi creadigaeth Harri Parri. Fel y mae'n digwydd, y mae yna nodweddion cenedlaethol i bob byd y soniais i amdano: byd Seisnig uchelwrol yw'r byd a greodd P.G. Wodehouse, un Americanaidd (Efrog Newyddaidd) a greodd Woody Allen, a gwahanol fathau o fydoedd Cymreig a geir gan yr awduron Cymraeg a enwyd. Y mae i bob byd ei nodweddion arbennig ei hun. Y rhyfeddod ydi fod yna ddigon o egni yn y Gymraeg – neu yng Nghymraeg rhai awduron – i greu bydoedd Cymraeg yn nyddiau yr Ail Dryweryn pan y mae bydoedd o'r fath yn cael eu boddi gan Niagara enfawr yr Americaneg a'r Saesneg, a'r Ddwbwldytjieg, sef cybolfa o'r ddwy iaith gyntaf ynghyd â minimal Welsh a glywyd ers tro ar rai rhaglenni radio a theledu honedig 'Gymraeg'. Rhyfeddod arall ydi fod yna ddigon o Gymraeg yn dal ar ôl yn ein cenedl i ymateb i iaith awduron y comedïau hyn.

Y mae cymeriadau byd Harri a'r sefyllfaoedd y mae'n eu creu yn wirioneddol gomig. Ac y mae'r cyfan yn dibynnu ar ddau beth – ei ddyfeisgarwch dychmygus, a'i fedr athrylithgar i drin geiriau. Y mae Cymraeg Harri yn Gymraeg cymdeithas a allai, fwy neu lai, fyw ei bywyd trwy gyfrwng yr iaith. Y mae hefyd yn Gymraeg cymdeithas yr oedd ganddi grap go lew ar grefydd – dyna pam y mae i'r capel le pwysig yn ei fyd o, hyd yn oed yn yr unfed ganrif ar hugain bethachlyd hon. Y mae'r cyfuniad o lafar atebol iawn a geiriau cyrhaeddgar yr Ysgrythur yn rhoi cyfoeth arbennig i iaith Harri. Ond y dychymyg sy'n creu â'r adnoddau ieithyddol toreithiog hyn ydi'r peth pwysicaf un.

Meddyliwch am seti capel go siabi yn 'cyfarth yn arw', am gymeriad yn 'sleifio'n dinfain heibio', neu rywun â 'natur dangos ei blu' ynddo fo, neu gymeriad wedi 'brigbori' drwy destun drama. Neu beth am 'dŷ bychan wedi'i wasgu'n ddidrugaredd rhwng becws Bob Becar a siop bysgod Glywsoch Chi Hon', neu helicopter a oedd yn hedfan 'yn anghymdeithasol o isel'? Y mae'r llyfr hwn yn llawn o ragoriaethau fel hyn. Heb sôn am gymeriadau fel Shamus a Cecil sydd, ymhlith llu edmygwyr Harri, bellach wedi magu haen fytholegol.

Fel y dywedais i, y mae'r cyfan yn Gymraeg iawn ac yn Gymreig iawn, ond y mae yma hefyd rywbeth Celtaidd, ac nid am fenthyca yr ydw i'n sôn ond am rywbeth cynhenid. Y mae'r un dinc yng ngallu geiriol Harri – fel yng ngallu geiriol William Owen, yn ei ffordd ei hun – ag sydd yng ngwaith rhai awduron Gwyddeleg a Gwyddelig. Y mae chwarae â geiriau a mwynhau gor-ddweud yn rhan o'r peth. Y mae o'n iachusol iawn mewn oes o Gymraeg blawd lli a dychymyg plastig. Ac y mae creadigaethau Harri yn haeddu cydnabyddiaeth lenyddol o ddifrif – 'does yna ddim byd yn israddol mewn comedi. Yn wir, y mae'r wyneb chwerthinog sydd, yn gyffredin, yn cynrychioli comedi yn ochor arall yr wyneb prudd sydd, yn gyffredin, yn cynrychioli trasiedi.

Gair i gloi. Bydd Pabell Lên yr Eisteddfod Genedlaethol yn rheolaidd o dan ei sang gan brif chwarddwyr Cymru, Ynys Prydain a'i Gor-ynysoedd pan fydd John Ogwen yn darllen gwaith Harri, a bydd y profiad yn dod yn fyw wedyn ar Radio Cymru yn ei dro. Y mae'r holl ddifyrrwch yna, yr holl chwerthin braf, yna wedi ei brintio rhwng cloriau'r llyfr hwn. Ac am hynny y mae'n iawn inni ddweud, yn ddiffuant o ddiolchgar, "Diolch byth am Harri Parri".

Gwyn Thomas

1. *CERDDED AR REW*

'Sudach chi, Jac?' gwaeddodd y Gweinidog o droed ysgol alwminiwm simsan yr olwg.

'Pwy ddia . . . ?' a dechreuodd yr ysgol bendilio'n benfeddw.

Camodd y Gweinidog yn ôl fel roedd yna flob o baent piws, anghynnes ei liw, yn parasiwtio i'w gyfeiriad ac yn disgyn yn un llysnafedd gludiog ar flaen ei esgid.

'Hitis i chi?' holodd Jac Black, yn obeithiol, gan ddal y tun paent yn un llaw a chydio fel cranc yn lintel y ffenest â'r llaw arall.

'Ddim yn hollol.'

'Biti! Ma' hi'n ddigon i mi fod ar ben y twr babal 'ma heb orfod dal pen rheswm wedyn.'

'Finnau'n meddwl eich bod chi, fel hen longwr, yn gynefin â dringo mastiau,' awgrymodd y Gweinidog yn chwareus.

'Nag'dw!' atebodd Jac yn siarp. 'A pheth arall, môr sy' o dan rywun mewn lle felly. Tarmac sy'n fa'ma.'

Roedd hi'n amlwg i'r Gweinidog fod Jac Black wedi gosod yr ysgol hirfain yn rhy gefnsyth yn erbyn wal fochiog y Porfeydd Gwelltog – cartref preswyl diweddaraf Porth yr Aur. Problem arall Jac, fodd bynnag, oedd fod yr ysgol fenthyg sawl

ffon yn rhy fyr iddo fedru cyrraedd yn hwylus at yr hysbysfwrdd roedd ar ganol ei beintio.

'Waw! Cy'mwch ofal,' rhybuddiodd y Gweinidog wrth weld yr ysgol

13

ysgafn yn tueddu i godi oddi ar y mur a dod â Jac i'w chanlyn.

Wedi'i ail ysgytwad daeth Jac i lawr o'r nefolion leoedd a'r tun paent i'w ganlyn. 'Fasach yn meddwl y bydda' enw Cymraeg yn ddigon ar y dam lle heb i mi orfod rhoi pagan o un Saesneg ar 'i ôl o.'

Camodd y Gweinidog fwy fyth yn ôl i fedru darllen yr hyn a lythrennwyd gan Jac, ' "Porfeydd Gwelltog Cartref Presswyl" . . . Ond, Jac, un 's' sy' yn y gair 'Preswyl'.

'Diawl, dyna wast ar baent eto. Y fi sy'n 'i sypleio fo ylwch, ar fy nghost fy hun.'

Aeth y Gweinidog ymlaen â'i ddarllen, ' "*Jingle Bells Residential . . .*" '

'*Tingle.*'

'Y?'

'*Tingle* 'di o i fod. Y fi ro'th '*J*' yn y peth yn lle '*T*', wrth 'mod i heb fy sbectol. Wedi mynd i fyny i drio newid pethau ro'n i pan ge's i fy styrbio.'

'Ond pam galw'r lle yn Porfeydd Gwelltog yn Gymraeg a *Jingle Bells* yn Saesneg?'

'*Tingle! Tingle* ydi'r peth i fod,' a dechreuodd Jac Black golli'i limpin.

'Be' ydi *Tingle* 'ta?'

'Be' wn i?' ebe Jac a'r bin yn fflio allan o'r olwyn. 'Nid y peth hwnnw fydd merchaid yn 'i ga'l, pan fydd dynion yn 'u gwasgu nhw?'

'Mae o'n enw od iawn beth bynnag, ar gartra henoed.'

'Bosib' 'i fod o. Ond o ran hynny, pethau od gythril sy'n rhedag y lle.'

Roedd hynny yn hanner gwir. Yn ôl y sawl a ddylai wybod, Cecil Humphreys o'r Siswrn Cecil *Scissors* a'r Tebot Pinc, a William Howarth yr ymgymerwr lleol, oedd piau'r busnes – er y tybiai rhai fod gan Hopkins y Banc, hefyd, fys yn y brywes.

Howarth gyflogodd Jac, ei yrrwr hers rhan amser, yn fath o handi-man i'r Porfeydd Gwelltog – rhwng cnebrynau a thu allan i'r tymor pysgota.

Honglad o dŷ mawr ym Mhenrallt oedd y Porfeydd Gwelltog a'i dâl meini uchel i'w gweld o'r Harbwr. Safai yn ei libart ei hun, fymryn o'r ffordd fawr. Ar ran o'r tir a'i hamgylchynai, yng nghefn yr adeilad, roedd y perchenogion newydd wedi codi estyniad helaeth a throi tŷ anhwylus o oes Fictoria yn gartref preswyl cyfoes a derbyniol ddigon. Craig y Nos oedd yr enw yn wreiddiol; Howarth, mae'n debyg, a fathodd yr enw 'Porfeydd Gwelltog' a Cecil, mae'n ddiamau, gyda'i fratiaith a'i duedd at y blodeuog a oedd yn gyfrifol am y '*Tingle Bells*' afiach, ac am y paent piws.

'Heblaw Glyn Cysgod Angau fydda' i yn galw'r lle,' ychwanegodd Jac yn grafog.

'O?'

''Dydi'r Cecil 'na yn 'u cario nhw i mewn drwy un drws, pan maen nhw'n fyw, a Howarth yn 'u rowlio nhw allan drwy'r llall, wedi iddyn nhw farw.'

Ailgychwynnodd Jac i fyny'r ysgol, yn fân gamau gofalus, fel cath yn dringo coeden a hithau'n wynt. Hanner y ffordd i fyny safodd yn ei unfan, i gael ei anadl yn ôl ac i dynnu blewyn arall o drwyn y Gweinidog, 'Wedi dŵad i edrach am yr hen Ifan 'dach chi?'

'Ia.'

'Felly ro'n i'n amau.'

'Ydi o'n setlo yma?'

'Wedi cym'yd at y lle. Fel cath at lefrith.'

Rhyfeddodd y Gweinidog o glywed hynny. Carwr yr unigeddau oedd Ifan Jones a ddaeth i fyw i'r dre wedi'i ymddeoliad. Collodd ei wraig yn fuan wedi cyrraedd. Daeth yn flaenor yng Nghapel y Cei yn gynt na'r disgwyl a hynny ar bwys ei anwyldeb mawr yn fwy na'i ddoniau. Daliai'n wledig ei ffordd – ac roedd hynny yn falm i enaid ei Weinidog, a fagwyd yng nghefn gwlad – ond roedd ei idiomau o fyd amaeth yn disgyn yn ddiarth, ac ychydig yn amrwd weithiau, ar glustiau sidêt pobl y dre. Er enghraifft, mynnai gyfeirio at Meri Morris a Dwynwen fel 'y Blaenoria'd fanw s'gynnon ni' –

fel petai Dwynwen a Meri druan yn heffrod yn hytrach na gwragedd priod.

'Dda gin i glywad 'i fod o wedi setlo. Ma' Ceinwen a finnau wedi bod yn poeni cryn dipyn yn 'i gylch o.'

'Ofn s'gin i,' ychwanegodd y peintiwr yn bell-gyrhaeddol, 'i'r hen dlawd slipio o'r badall ffrio i'r tân.'

'Be' 'dach chi'n feddwl?'

'Sut medra' i egluro i chi? Ond gweld drostoch ych hun fydda'r gorau i chi. Ac mi a' innau 'mlaen hefo'r peintio.'

Pan oedd Eilir ar gamu i mewn i'r Porfeydd Gwelltog clywodd Jac Black yn gweiddi arno o frig yr ysgol alwminiwm, 'Deudwch i mi, un 'ta dwy 't' sy'n y gair *Tingle?*'

*   *   *

Damwain amgylchiadau a yrrodd Ifan Jones o'i fynglo henoed i'r Porfeydd Gwelltog a hynny ar hyd ei ben ôl. Yn ystod yr oedfa un bore Sul deifiol o oer yn nechrau Ionawr, fe ddisgynnodd sginten o eira llaith ar y gwely rhew a phan ollyngwyd y saint o oerfel yr oedfa i fynd i'w gwahanol gartrefi roedd y llain tarmac yn ffrynt Capel y Cei yn fôr o wydr. Teimlai Eilir fod testun ei bregeth y bore hwnnw – er iddo'i pharatoi ar well tywydd – yn rhagluniaethol o addas: 'Gwylia ar dy droed pan elych i dŷ Dduw.' Serch i Ifan Jones, yn ôl ei arfer, ganmol yr hyn a glywodd ni chymerodd sylw o'r genadwri – naill ai yn llythrennol nac yn ffigurol. Wedi camu dros y trothwy aeth i sglefr, nad oedd wedi paratoi ar ei chyfer, a chyda chyflymder Torvil a Dean ers llawer dydd, llithrodd ar ei gefn bob cam o risiau'r capel i'r ffordd fawr a diflannu o dan siasi *Jeep Cherokee* 2.5 *Sport*, lliw gwyrdd-mwsog, Phillipiaid Plas Coch, a dod i stop yn erbyn y clawdd pridd ochr arall i'r ffordd.

Dechreuodd amryw brysuro i'r cyfeiriad i'w gynorthwyo. Mewn eiliad, trodd ffrynt y capel yn un bwrdd sgitls; hen ac ifanc â'u gwadnau i fyny, rhai gwragedd ar eu cefnau â'u sgertiau dros eu pennau. Yr unig un a lwyddodd i gadw'i draed oedd Cecil. Cipiodd yn y bag nyrs a gadwai yng nghyntedd y capel a dawnsio'i ffordd rhwng y cyrff i gyfeiriad Ifan Jones dan weiddi'n finiog, '*Gangway, ladies and gentlemen . . . Gangway!*'

Plygodd Cecil Humphreys uwchben corff yr hen ŵr â'i wyneb yn ei wyneb, '*Farmer Jones! Wakey, wakey!*'

O glywed y llais trwynol, genethig braidd, a'r arogl sent agorodd yr hen Ifan un llygad bolwyn a'i serio ar Cecil Siswrn. Naill ai o weld y fath lipryn o angel yn edrych i lawr arno, neu oherwydd y gnoc a gafodd, fe'i caeodd yn chwap.

Wedi iddynt lyfu'u clwyfau, ceisiodd amryw rwyfo i'r cyfeiriad, fel hwyaid ar rew, yn amlach ar eu pen olau nag ar draed. Wedi cyrraedd, aeth rhai ati i geisio ymgeleddu'r hen ŵr ac i wneud sylwadau ar ei gyflwr. Yr unig un dihidio yn y cwmni oedd Alfred Phillips, Plas Coch, yr adeiladydd. Safai yno, ei ddwylo'n ddwfn ym mhocedi ei gôt fawr a sgarff gwlân sawl tro rownd ei wddw, yn archwilio cyflwr ei jîp pwerus wedi i Ifan Jones lithro rhwng yr echelydd. Taflai sylwadau, bob hyn a hyn, at Hopkins y Banc a Clifford Williams, Garej Glanwern. (Roedd Hopkins a Cliff Pwmp fel y'i gelwid, ac Alfred Phillips, yn yfed o'r un ffynhonnau a Phlas Coch ar fin prynu *Shogun Mitsubishi* newydd yn Garej Glanwern.) ''Dydw i ddim yn meddwl, Cliff, bod yna ddamej mawr, os nad ydi'r egsôst wedi ca'l slap.'

'Dowch â fo i mewn bora fory, erbyn deg, i ni ga'l golwg ar bethau.'

'Fasach chi, Hopkins, yn medru ffendio allan fydd hi'n werth i mi glemio ar yr insiwrans ne' beidio?'

''Drycha i'r dogfennau, Phillips, y peth cynta' bora fory.'

'Diolch i chi.'

'Ca'l cam gwag 'nath o,' meddai Meri Morris, Llawr Dyrnu, yn penlinio uwch ben yr hen ŵr, 'a cholli'i falans. A'i oed o, wrth gwrs.'

''Tasa'r Gw'nidog wedi pregethu'n fyrrach a gada'l i ni fynd o'ma hannar awr ynghynt,' ebe John Wyn, yr Ysgrifennydd, yn gignoeth arferol, newydd godi ar ei draed ar ôl codwm front, 'hwyrach y basa'r hen Ifan yn dal ar 'i draed. 'Dydi cymalau rhywun yn stiffio wrth ista yn yr unfan am amsar mor hir a hithau'n fora oer.'

'Edrychwch be' s'gynno fo am 'i draed, Mistyr Thomas bach,' meddai Meri Morris wedyn, a phwyntio at ddwy stemar o sgidiau uchel hen ffasiwn, yn fyddin o hoelion. 'Syndod gin i fod o'n medru cerddad cam a'r fath swm o fetal dan 'i wadna' fo.'

'*Lethal I'd say,*' eiliodd Cecil gan ddyrchafu pâr o lygaid soserog i entrych nen.

Wedi llacio coler Ifan Jones tyrchodd Cecil Siswrn i'r bag cymorth cyntaf a thynnu allan botel fechan. Tynnodd ei chorcyn a'i sodro dan ei fwstas, '*Farmer Jones,* cariad, *breathe in . . . and don't breathe out.*'

Wedi ffroeni'r menthol oer, ond gan anwybyddu gorchymyn Cecil i ddal ei wynt, agorodd Ifan Jones ddau lygaid siriol ddigon; edrychodd i fyny ar y gymanfa o wynebau a edrychai i lawr arno a holi'n sbriws, 'Ydach chi'n o dda, bob un ohonoch chi?'

Yn dilyn, bu cryn drafodaeth ynghylch beth i wneud ag Ifan Jones wedi iddo ddod ato'i hun.

'Hosbitol ydi'i le fo,' ebe John Wyn yn galed. 'Nid ar wastad ei gefn ar balmant oer. Fasa' fo'n draffarth i neb ohonon ni mewn lle felly.'

'Mynd â fo adra gyntad byth â phosib' faswn i,' awgrymodd Daisy Derlwyn Hughes, gweddw'r blaenor hwnnw fu farw'n annhymig, yn llorpiau gwraig fenthyg, uwchben y *Lingerie Womenswear*, 'rhag ofn iddo fo ga'l niwmonia. Adra ydan ni i gyd yn dymuno bod pan fyddwn ni ddim yn dda.'

Ffromodd Cecil Siswrn yn enbyd o glywed y fath awgrym. Pletiodd ei wefusau a holi'n finiog dan frathu pob llythyren, 'A phwy eith yno i edrach ar 'i ôl o, *if I may ask?*'

'Wel . . . y . . .'

'A phwy eith yno i sychu'i ben ôl o?'

'Wel . . . y . . .' A chafodd y Gweinidog drafferth i feddwl am Daisy yn gwneud hynny iddi hi'i hun, heb sôn am i ddyn diarth.

Cyn symud yr hen ŵr o'r palmant, bu trafodaeth hir a difudd arall ynghylch sut i'w gludo i'r Porfeydd Gwelltog. Cytunwyd, yn weddol unfrydol, mai mynd â fo yno ar wastad ei gefn fyddai orau a chael meddyg i'w archwilio wedi iddo gyrraedd yno. O sylweddoli bod yna denant newydd ar ei ffordd i'r Cartref Preswyl, dechreuodd William Howarth ymddiddori yn y drafodaeth.

'Ylwch, mi fedrwn i bicio adra i nôl yr hers. Fyddwn i ddim yn hir. Mi fydda'n bosib' i roi o yng nghefn honno heb blygu dim arno fo. Y cwbl gostia fo i'r Capal fydda' pris y disyl.'

''Newch chi ddim o'r fath beth, William Howarth,' rhybuddiodd Dyddgu, yr ieuengaf o'r Blaenoriaid, yn wfftio at y fath syniad. 'Mi fydd yn ddigon i Ifan Jones, druan, orfod teithio yng nghefn peth felly pan fydd o wedi marw heb sôn am ga'l reid ynddi hi ac yntau'n fyw. Ma' 'nghariad i'n ddigon o destun siarad fel ma' pethau heb fynd â fo rownd y dre mewn hers.'

Suddodd Howarth yn ôl i gynhesrwydd ei dop-côt gladdu, wedi'i glwyfo braidd, ac ychwanegu, 'Dyna fo. Chi ŵyr ych pethau.'

Meri Morris, y wraig ffarm ymarferol, a gafodd y weledigaeth, ''Taswn i'n ca'l caniatâd y Gw'nidog i storio poteli llefrith gweigion yn selar y capel, yna mi fedrwn i fynd â fo yno yn y picyp. Ma' 'na ddarn o darpwlin yn y trwmbal i roi drosto fo.' Er iddi hi a'i gŵr hanner ymddeol, a symud o Llawr Tyddyn i Llawr Dyrnu, tyddyn ar y terfyn, roedd hi'n dal gyda rownd laeth ar y ffordd i oedfa'r bore ac roedd y *Daihatsu* bregus a welodd ddyddiau gwell wedi'i barcio yn hwylus o agos ar lain o dir uwchlaw'r capel.

Serch difrifwch y sefyllfa, a phryder gwirioneddol am gyflwr Ifan Jones, golygfa gomig oedd gweld picyp hynafol Llawr Tyddyn yn mygu'i ffordd ar hyd strydoedd culion Porth yr

Aur a'r hen ŵr ar ei hyd yn y trwmbal gyda chrêt llefrith gwag o dan ei ben a shiten darpwlin yn gwrlid drosto. Yr hyn a wnâi'r olygfa'n ddigrifach fyth oedd fod Cecil wedi mynnu cyd-deithio. Safai ar ei draed yn y trwmbal yn chwifio hances binc ac yn gweiddi ar y gwynt, '*Gangway, ladies and gentlemen . . . Gangway!*'

*　　*　　*

Roedd Cecil ar ei gwrcwd yn ei ffedog blastig uwchben padell o ddŵr a disinffectant yn torri ewin bawd troed Miss Ramsbottom, Cedar View, pan gamodd y Gweinidog i mewn i'r Porfeydd Gwelltog. Ymfudwraig i Borth yr Aur oedd Miss Ramsbottom, Cadeirydd y Ceidwadwyr yn y cylch ac Eglwyswraig selog. Pan aeth byw ar ei phen ei hun yn rhy anodd iddi ymfudodd i'r Porfeydd Gwelltog – er mai fel '*The Tingle*' y cyfeiriai hi at y lle.

'*If you can bear with me, Miss Rams., for a sec.*,' a gwthio llafn siswrn rhwng ochr y gewin a'r croen caled a oedd yn glawdd o'i amgylch. '*One more snip . . .*' Gyda chil ei lygaid gwelodd Cecil siâp ei Weinidog yn ffrâm y drws a gollyngodd droed drom Miss Ramsbottom i'r badell ddŵr nes roedd tonnau o ddisinffectant yn ffrothio i fyny'i chluniau. Prysurodd i gyfeiriad y drws ar drot merlyn, 'Ac mi rydach chi wedi cyrraedd, siwgr?' a chwpanu dwylo'r Gweinidog yn y menyg rwber a wisgai, a'u dal yno'n hir. 'Ro'n i'n deud wrthyn nhw, mi fydd 'ngwas i yma gyda hyn.'

'Jac Black daliodd fi,' ebe'r Gweinidog, yn gwneud hwnnw'n fwch dihangol. 'Mae o'n peintio'r sein 'na tu allan.'

''Dach chi'n deud wrtha' i?' a gwneud siâp wy â'i wefusau. 'Galw'r lle yn *Jingle Bells*, Mistyr Thomas, fel 'tasa hi'n Ddolig yma bob dydd. *Far from it.*' Trôdd i wynebu'r ystafell a gweiddi'n blagiardllyd braidd ar hen wraig, ffrwcslyd yr olwg, a oedd ar hanner tynnu amdani, 'Miss Edwards, cariad, *knickers up.* Ma'r Gw'nidog hefo ni!' Trôdd i wynebu'r Gweinidog a sibrwd yn ei glust, 'Dda ych bod chi wedi priodi,

Mistyr Thomas bach, a 'mod innau'n *broad minded.*'

Roedd drysau y Porfeydd Gwelltog wedi'u hagor i breswylwyr bron i flwyddyn ynghynt ond dim ond wedi i Cecil benodi'i hun yn 'fath o fetron i'r lle y caed yr agoriad swyddogol. Fel gyda'i barlwr trin gwallt a'i dŷ coffi yn Stryd Samson mynnodd Cecil agor y lle gyda chyfarfod gweddi a sgon – wel, mins pei yn achos y Porfeydd Gwelltog wrth ei bod hi'n union wedi'r Dolig. Serch ei fawr odrwydd, a'i larmio cyson yn yr hyn nad oedd na Chymraeg na Saesneg derbyniol, fe wyddai Eilir – yn well na fawr neb arall – fod i Cecil Humphreys galon garedig ryfeddol. O dan y ceffyl broc castiog roedd yna enaid sensitif a Christion a oedd o ddifrif gyda'i Ffydd.

Roedd awyrgylch cartrefol y Porfeydd Gwelltog yn dystiolaeth i'w gywirdeb. Yn y Palmwydd Clyd – un arall o gartrefi preswyl y dre – eisteddai pawb mewn hanner cylch, yn fud i'w gilydd ac yn hanner rhythu ar glamp o set deledu a gorddai rialtwch allan o fore gwyn tan nos a neb yn ei wrando. Roedd Cecil, ar y llaw arall, wedi gosod y trigolion yn ddeuoedd ac yn drioedd, yn ôl eu perthynas â'i gilydd, ac wedi paratoi gweithgareddau gwahanol ar eu cyfer yn ôl eu hamrywiol gyraeddiadau gyda'r awgrym lleiaf o fiwsig siriol yn y cefndir.

'*Ladies and gentlemen*, ylwch pwy sy' 'di galw i'n gweld ni!' a chlapio'i ddwylo yn fân ac yn fuan mewn ymdrech i gael gwrandawiad ond chodod fawr neb ei ben. 'Be' ddaw o'r oes, Mistyr Thomas bach?' Rhoddodd gynnig arall arni, '*Ladies and gentlemen*, pwy sy'n gw'bod pwy ydi'r gŵr bonheddig 'ma sy' 'di galw i'n gweld ni?' (Ac roedd yna duedd yn Cecil i drafod y cartref fel ysgol a'r preswylwyr fel dosbarth o blant) 'Y cynta' i atab i ga'l dwy sosej rôl i de.'

'Sion Corn,' meddai un hen ŵr heb gymaint â chodi'i ben o'r bwrdd sgrabl.

Yn od iawn, llonnwyd Cecil yn fawr gan yr ateb anffodus ac

aeth i berlewyg bron, "Dach chi ddim yn bell o'ch lle, Mistyr Herbert, cariad. Dwy sosej-rôl i de. Ydi, ma' Mistyr Thomas yn debyg iawn i Sion Corn. A sut ma' Mistyr Thomas yn debyg i Sion Corn, *if I may ask?'*

'Mae o 'di dŵad lawr y corn simdda,' ebe'r sgrabliwr, wedyn, yn awyddus i fynd ymlaen â'i gyflythrennu.

'Ma' 'ngwas i,' ac edrych i fyw llygaid y Gweinidog, 'yn rhy clean-shaven i fod wedi dŵad i lawr yr un *chimney*. Ond, fel Santa Clôs, rhoi ma'r dyn yma hefyd.'

Cododd un neu ddau o'r trigolion eu pennau o glywed hynny, rhag ofn bod pethau wedi newid a bod yna bellach ddau Nadolig mewn blwyddyn.

'Mae o wedi rhoi o'i amsar pnawn 'ma i ddod i edrach amdanon ni. Ydach chi ddim am ddeud 'helo' wrtho fo, *ladies and gentlemen?'*

Wedi corws o 'helo' gwantan, a swniai yn debycach i 'ta-ta', aeth y Gweinidog ati i gyfarch y trigolion gan ddiolch i'r metron, Cecil Humpheys, am ei groeso iddo. Dyna'r foment y daeth i'w feddwl nad oedd wedi gweld Ifan Jones yn unman. Wedi i'r cyfarch ddod i ben, trôdd at Cecil a'i holi'n ddistaw, 'Wela'i mo Ifan Jones yn unlla. Mae o'n iawn?'

Rhoddodd Cecil Siswrn ei law dros ei geg a dechrau sibrwd siarad drwy'i fysedd, 'Mae o ar y chwith i chi, siwgr, wrth y ffenast. Ond peidiwch ag edrach rŵan, *for heaven sake.'*

Taflodd Eilir gip i'r cyfeiriad ond gan fethu â tharo llygad arno, 'Wela' i mohono fo yn unman. Dim ond y dyn canol oed 'na, hefo gwallt coch a mwstas . . .'

'*That's the one.'*

'Ifan Jones ydi hwnna?' holodd y Gweinidog mewn anghrediniaeth.

'Mi 'nes i 'ngorau, Mistyr Thomas bach, i drio'i berswadio fo i fynd am y *blue rinse* yn lle'r *flamingo red*. Ond 'nai o ddim gwrando. Fydda'n gweddu'n well iddo fo, yn 'i oed o. *Don't you think?'*

'Os gweddu o gwbl,' mwmiodd y Gweinidog yn flin.

Teimlodd Eilir ias yn ei gerdded o feddwl ei fod wedi colli nabod ar un o'i Flaenoriaid anwylaf a gŵr a hoffai'n fawr. Gwyddai, serch hynny, fod Ifan Jones yn un hynod hygoelus ac yn un hawdd iawn i'w brynu.

'A welwch chi'r ddynas gomon 'na sy' wrth 'i ochr o, Mistyr Thomas?'

A dyna'r tro cyntaf i Eilir sylwi fod yna wraig, o'r un lliw gwallt, yn nythu yn ei gesail. 'Y wraig ifanc sy' ar y chwith iddo fo 'dach chi'n feddwl?'

'*Not so young*, Mistyr Thomas bach, 'tasach chi'n 'i gweld hi fel dw' i'n 'i gweld hi – pan fydda' i'n 'i molchi hi. Ma' hi'n *wrinkles* i gyd, fel balŵn 'di bod ar iws. 'Dach chi'n 'i nabod hi, debyg?'

Taflodd y Gweinidog gip arall i'r un cyfeiriad, 'Mi ddylwn 'i nabod hi. Ma'r wynab yn gyfarwydd i mi rhywfodd.'

'Ro'i un *clue* i chi.'

'Ia?'

'Na odineba.'

'Sut?'

'The *late* Derlwyn Hughes.'

'Nid . . . y . . .' ac ofn ynganu'r enw rhag ofn fod y peth yn wir, 'Nid Musus Lightfoot o'r *Lingerie Womenswear*?'

''Dach chi'n iawn, cariad. Ma' hi yma am dipyn o rest.'

Teimlodd y Gweinidog iasau cryfach yn cerdded ei feingefn. 'A hi, mae'n debyg, perswadiodd o i roi'r lliw coch erchyll 'na yn'i wallt?'

'Hi bigodd y *tint*. Ma' hynny'n wir, cariad.'

'Wela' i.'

'Rois innau ben y ddau yn yr un bowlan.'

'Biti.'

'A welwch chi'r sgert 'na s'gynni hi, Mistyr Thomas?'

'Sgert?' Craffodd y Gweinidog, eilwaith, a beio'i hun yn syth am iddo gytuno i wneud hynny. 'Na wela'i ddim byd . . . dim ond cluniau.'

'*That's the point, dear*. Ro'n i'n deud wrthi hi bore 'ma, wrth

23

mod i'n Flaenor 'te, na fasa' be s'gynni hi amdani ddim yn ddigon i lapio pwdin Dolig – a hwnnw'n un bach. Ewch i ga'l gair hefo nhw,' cymhellodd Cecil, 'ne' mi fydd gynnoch chi Flaenor arall wedi mynd i'r nefoedd o'r *bus stop* anghywir.'

Serch bod yna wyth mlynedd wedi gwibio heibio er y noson anffodus pan fu pen Blaenor Capel y Cei, ac un o golofnau'r gymdeithas ym Mhorth yr Aur, farw mewn trap llygoden o wely benthyg yn lloft y Nook, uwchben siop ddillad y *Lingerie Womenswear*, ym mreichiau parod Musus Dwynwen Lightfoot, roedd y dolur yn dal i redeg a châi'r Gweinidog ei atgoffa'n fisol bron o'r hyn a ddigwyddodd.

'Mi 'na i 'ngorau i geisio gwahanu'r ddau,' addawodd y Gweinidog wedi'i gythruddo o weld y fath wiriondeb ac mewn ofn i fellten daro'r un man ddwywaith, 'er ma' gin i ofn ma' canu crwth i fyddar y bydda' i.'

''Dach chi'n werth y byd, siwgr,' ebe Cecil, gan roi gwasgiad bach arall i'w law. 'Mi 'na innau banad gynnas i chi, cariad, erbyn dowch chi'n ôl.'

* * *

Pan glywodd Ceinwen ddisgrifad ei gŵr o'r Ifan Jones a adnewyddwyd fe'i llanwyd â dicter cyfiawn.

'Ac wyt ti'n deud wrtha' i, Eilir, bod gynno fo wallt coch?'

'*Flamingo red*, ddeudodd Cecil.'

'Coch ydi hynny 'te?'

'Ia, math o goch oedd o.'

'A bod hithau'r un lliw?'

'Wel, wedi agor y botal 'doedd waeth i Cecil roi dau ben yn yr un bowlan mwy nag un.'

Ond roedd Ceinwen wedi'i chythruddo yn ormodol i weld yr ochr ddoniol i'r drasiedi. 'Ac mi rwyt ti'n deud bod gynno fo fwstas coch, yn ogystal?'

'Mymryn.'

'Wel, mwstas ydi mwstas faint bynnag ydi'i seis o.'

'Rhimyn tenau oedd hwn, yn union uwchben 'i wefus o.'

24

Penderfynodd Eilir roi mwy eto o lo ar y tân, 'Mi rwyt ti, Cein, yn ddigon hen i gofio Clark Gable?'

'Ia?'

'Dyna ti'r mwstas. Pensal o beth tenau, rhywiol yr olwg.'

'Yn 'i oed o?'

'Ac mi roedd o mewn tishyrt oren a'r gair 'bronco' ar draws 'i frest.'

'E'lla buo fo'n magu ceffylau,' snapiodd Ceinwen yn wawdlyd, 'pan oedd o a'i wraig yn ffarmio Pwll Doman, ond 'dydi hynny ddim yn rhoi leisans i neb roi'r gair 'bronco' ar 'i grys o.'

Bu saib yn y sgwrsio. Y ddau yn mynd ymlaen â'u brecwast mewn tawelwch: Ceinwen yn magu'i dicter a'i gŵr yn holi'r diafol sut y medrai hannifyrru ymhellach.

'Cofia, Cein, roedd o i weld yn ddigon hapus. Fel rhyw gyw iâr yn ca'l 'i fagu gin chwadan.'

'Hapus? Mi gofi'n dda iawn be' ddigwyddodd i'r diweddar Derlwyn Hughes, druan? Hefo'r un ddynas. Marw yn 'i breichiau hi!'

'Jac Black yn deud bod yna wên ddigon o ryfeddod ar 'i wynab o.'

Neidiodd Cenwen ar ei thraed, nes roedd y bwrdd brecwast yn simsanu, 'Yli yma, Eilir, 'dydi peth fel hyn ddim yn destun chwerthin.'

Gwyddai Eilir ei bod hi'n amser iddo dynnu'i gyrn i mewn rhag ofn i'r chwarae droi'n wir chwerw. 'Ond Ceinwen, rwyt ti'n 'nabod i'n ddigon da i wybod ma' dyma'r unig ffordd y medra' i ddygymod â'r peth. 'Taswn i'n cym'yd y peth at 'y nghalon fedrwn i ddim byw hefo mi fy hun. Fel'na bydda' i yn ca'l dihangfa, wrth ddychanu pethau.'

'Wn i.' Meiriolodd Ceinwen ac eistedd yn ôl yn ei chadair.

'A be' fedra' i neud ynghylch y peth? Mi rydw' i wedi ceisio rhesymu hefo'r ddau. Ond ma'r hen Ifan wedi syrthio mewn ffit o gariad, dros 'i ben a'i glustiau. Ac wrth 'i fod o mewn cada'r olwyn fedar o ddim mynd ymhell iawn o'i gwynt hi.'

'Ac mi eith â'i arian o i gyd.'

'Eith, debyg.'

'Ac ma' gynno fo hosan reit ddofn, fel y gwyddost ti.'

'Felly ma' pawb yn deud.'

Dyna'r foment y cafodd Ceinwen hanner gweledigaeth, 'Yli, Eil, 'tra bydda' i'n clirio'r llestri brecwast 'dw i am i ti bicio i weld John James.'

'John James?'

'John James, y twrna.'

'I be'?'

'Rhag ofn i'r hen Ifan newid 'i wyllys 'te.'

'Ond Ceinwen, fedra' i ddim g'neud peth felly.'

'Medri.'

'Be?'

'Ac mi 'nei.'

'Ond fedra' i ddim busnesu ynglŷn â wyllys Ifan Jones.'

'Wel, ti oedd un o'r ddau dyst pan newidiodd o hi ddwytha.'

'Wn i. Ac mae o wedi'i newid hi sawl tro.'

'Mae o'n gyfrifoldeb arnat ti, felly.'

'Ond ma' gin Ifan Jones, fel pawb arall, hawl i newid 'i wyllys pryd bynnag mae o'n dymuno a sut bynnag mae o'n teimlo.'

'Oes.'

'Dyna ddiwadd ar y stori 'ta.'

'Os ydi'i synhwyrau fo'n glir 'te. Dyna ma'r ddeddf yn 'i ddeud.'

'Ro'n i'n gweld 'i feddwl o'n glir iawn pnawn ddoe. 'I chwaeth o oedd ar goll, 'swn i'n ddeud.' A dechrau rhyfygu siarad unwaith eto.

'Wyt ti'n deud wrtha' i, Eilir, fod hen ŵr, na wisgodd o 'rioed ddim byd ond dillad o'r oes o'r blaen, mewn tishyrt oren a'r gair 'bronco' ar draws 'i frest, yn 'i iawn bwyll?'

'A pheth arall, mi wyddost yn iawn mor gas ydi hi gin i fynd i le felly. Y tro dwytha y bûm i yn swyddfa John James oedd yn nôl y parot hwnnw ddaru'r hen Camelia Peters ada'l i ni yn 'i wyllys. Ac mi wyddost y fath draffarth ge's i i ailgartrefu hwnnw.'

Wedi saib arall yn y sgwrsio aeth Ceinwen ati i wneud un apêl derfynol,

'Gwrando, Eil. Os nad oes gin ti ofal am Ifan Jones, 'nei di 'neud cymwynas i mi 'ta?'

'Ia?'

'Ei di o leia' i weld John James, i'w rybuddio fo, ac egluro'r amgylchiadau iddo fo? Cyn bydd hi'n rhy ddiweddar.'

'Ro'i gynnig arni 'ta,' gan ochneidio, yn anifail wedi'i gornelu.

'Dyna be' ydi hogyn da.'

*   *   *

Oglau carbolig oedd y peth cyntaf i daro dyn wrth iddo gamu i mewn i swyddfa John James, ffyrm *James James, James John James a'i Fab, Cyfreithwy*r. Fe ofalai Miss Phillips, unig gynorthwyydd John James, na châi'r un firws na llucheden 'roddi troed o fewn i'w tre'. Yr ail beth i daro rhywun, a hynny'n llythrennol, oedd y stribed dal gwybed a hongiai o'r nenfwd isel a sawl cenhedlaeth o wybed wedi'u crimetio arno gan haul sawl haf. 'Doedd dim newid ar bethau yn swyddfa John James; yr un dodrefn trymion, tywyll a'r un lloriau pren di-garped y byddai Miss Phillips yn eu diheintio bob bore cyn dechrau agor y llythyrau.

Taid y John James presennol a sefydlodd y busnes yn fuan wedi'r rhyfel byd cyntaf a daeth Miss Phillips yno yn nyddiau'i fab, yn hogan ysgol, i lenwi potiau inc ac i roi blaen ar bensiliau. Roedd hi, bellach, wedi hen basio oed pensiwn ac wedi plygu fel pedol wrth fod yn rhy hir yn ei chwman uwchben cenedlaethau o deipiaduron.

Un hamddenol a gofalus ryfeddol oedd John James, yn cau pob llidiart o'i ôl cyn meddwl am agor un arall. Rheol bywyd John James oedd pwyll:baich bach, bob tro, a gwasgu hwnnw'n dynn. Tra roedd ffyrmiau cyfreithwyr eraill y dre yn ffair o brysurdeb – sawl cyfreithiwr yn pluo sawl cwsmer yr un bore – mynwent o le oedd swyddfa John James ac yntau'n pluo un cwsmer, bob hyn a hyn, fesul pluen, ac yn cael yr un mwynhad o wneud hynny ag a gafodd ei dad a'i daid o'i flaen.

Cydiodd y Gweinidog yn y gloch bres hen ffasiwn a orweddai ar y cownter a'i hysgwyd. Edrychodd i fyny ar y fynwent o wybed a oedd uwch ei ben a cheisio dyfalu sawl cenhedlaeth o gwsmeriaid a ddaeth i'r swyddfa hon a chael eu dal yn gyffelyb. 'Doedd dim siw na miw o neb yn ateb. Ailgydiodd yn y gloch drom a'i hysgwyd yn ffyrnicach.

Ymhen hir a hwyr, clywodd sŵn traed blinedig Miss Phillips yn cerdded i lawr y coridor i'r cyfeiriad ac un droed, roedd hi'n amlwg, yn fwy blinedig na'r llall. Daeth drwy'r drws yn ei llwyd arferol a'r gwallt gwinau wedi'i gribo'n dynn a'i glymu'n fynen daclus ar ei gwar.

'Bora da, Mistyr Thomas.' Roedd y blynyddoedd wedi dwyn cryndod i'w llais.

'Bora da.'

'Bora mwll.'

'Ydi, debyg,' ond heb feddwl felly, yn flaenorol.

'Fedrwn ni fod o unrhyw wasanaeth i chi?'

'Ydi hi'n bosib', tybad, i mi ga'l gair byr hefo Mistyr James? 'Na' i mo'i gadw o'n hir.'

'Prysur ryfeddol ydan ni, Mistyr Thomas. Ond mi ofynna' i iddo fo.'

I brofi'r gwrthwyneb, cydiodd Miss Phillips mewn pad sgwennu a ffowntenpen o'r pumdegau ac ysgrifennu'n araf ofalus â llaw athritig: 'Annwyl Mister James. Y mae'r Parchedig Eilir Thomas yn dymuno cael gair byr â chwi'. 'Mi a' i â'r neges iddo fo, os byddwch chi mor garedig ag aros nes i mi ddychwelyd'.

Wedi disgwyl yn hir, aeth Eilir i dybio byddai'n gynt i ffyrm *James James, James John James a'i Fab, Cyfreithwyr* brynu colomen ac anfon neges yn y modd hwnnw.

Wedi bod yn hir yng nghwmni'r gwybed, cafodd Eilir fynediad i'r swyddfa fewnol ac i wyddfod John James ei hun. Cododd hwnnw o'i gadair i'w groesawu ac i ysgwyd llaw ac yna eistedd, eilwaith, tu ôl i'r ddesg fahogani.

'Eisteddwch, Mistyr Thomas.'

'Diolch.'

'Ma' Musus Thomas mewn iechyd?'

'Yn dda iawn diolch,' ac osgoi ychwanegu'i bod hi'n flin fel tincer pan gychwynnodd am y dre.

'Cofiwch fi'n gynnas ryfeddol ati hi.'

'Fydda i'n siŵr o 'neud.'

'Yn gynnas ryfeddol. M . . . fedrwn ni fod o unrhyw gymorth ichi, Mistyr Thomas?'

'Wel poeni am Ifan Jones 'dw i.'

'Rhyfadd ichi grybwyll 'i enw fo, mi gweli's i o ddoe ddwytha'. 'Dydi o wedi ca'l 'i adfer yn rhyfeddol?' Iaith capel ac arddull hamddenol pregethwr hen ffasiwn oedd un John James – er nad oedd o'n gapelwr selog.

Synhwyrodd y Gweinidog fod y ceffyl eisoes wedi dianc o'r stabl ond penderfynodd yrru arni, serch hynny, 'Ac mi roeddach chithau yn 'i weld o wedi newid?'

'Newid ddeutsoch chi, Mistyr Thomas? 'Dydi o'n edrach flynyddoedd yn fengach.'

'Wel ydi. Am wn i.'

'Yn wir, ddaru Miss Phillips a minnau mo'i adnabod o ar y dechrau.'

A dyna gadarnhad iddo fod yr anorfod wedi digwydd, 'Ac mi roedd Miss Phillips hefo chi?'

'Yn fy swydd i, Mistyr Thomas, ma' ca'l tyst, bob amsar, yn ddiogelwch ychwanegol.'

'Ydi . . . debyg.'

'Ond 'doeddwn i ddim yn teimlo – a maddeuwch i mi am wneud sylw fel hyn – 'doeddwn i ddim yn teimlo bod y gwallt coch yn gweddu iddo fo'n union. Dyna fo, fy rhagfarn i, mae'n debyg, oedd yn peri i mi feddwl hynny.'

Ceisiodd y Gweinidog fynd â'i faen i'r wal mewn modd arall, 'Mi gofiwch, Mistyr James, ma' fi oedd un o'r tystion pan 'nath o'i wyllys.'

'Ia, 'rhoswch chi, hefyd?' Aeth John James, ffyrm *James James, James John James a'i Fab, Cyfreithwyr* ati i gyfri defaid. Bu wrthi mor hir nes i Eilir ofni y byddai'n syrthio i gysgu. 'Pedair . . . pump, ia, y bumed ewyllys oedd honno. Mae o'n 'u newid nhw, Mistyr Thomas,' a dechreuodd John James, yn gwbl annodweddiadol, biffian chwerthin, 'wel, yn amlach nag y bydda' i yn newid fy fest.'

Dyna'r pryd y penderfynodd y Gweinidog fynd am y wythïen fawr, 'Ma' hynny, a'r newid mawr yn 'i gymeriad o, yn peri i mi ofyn i chi ydi o yn 'i synhwyrau ac yn 'i iawn bwyll?'

'Ga' i ych sicrhau chi, Mistyr Thomas, i Miss Phillips a minnau 'i ga'l o, brynhawn ddoe, yn hynod o glir ei feddwl. Yn gliriach, wir, nag yn arferol. Mi gawsom ni amsar bendithiol ryfeddol yn 'i gwmni o, bendithiol ryfeddol.'

Dim ond un saeth arall a oedd gan y Gweinidog ar ôl yn ei gawell arfau. 'Ga' i ofyn i chi, pan oeddach chi yno ddoe, oedd yna wraig hefo fo, yn 'i ddwndian o ac yn arwain 'i feddwl o?'

'Cyfeirio at Musus Lightfoot ydach chi?' a daeth gwên mwnci wedi cael banana i wyneb callestr John James, yr hen lanc. 'Hithau'n rhyfeddol o ifanc ei gwedd, Mistyr Thomas, a'i hymddangosiad. Hynod felly.'

'Ydi.'

'Ac mi fu o gymorth mawr i Miss Phillips a minnau. Pan fydda' Mistyr Ifan Jones, ar gyfri 'i oed, yn methu â dwyn i gof, roedd Musus Lightfoot wrth law i wrando cri ac i lenwi'r bylchau. Gwraig ddymunol ryfeddol ydi Musus Lightfoot, Mistyr Thomas, dymunol ryfeddol. '

'Biti na fasa' hi'n gwisgo'n llai cynnil,' mentrodd y Gweinidog, wedi cael digon ar y salm foliant.

'Yn hollol. Ro'n innau'n bryderus amdani. Ofn iddi ga'l annwyd, onide?'

Yr unig lwybr agored, bellach, oedd gofyn am y gwir plaen,

'Ac ma' Ifan Jones wedi g'neud wyllys arall, felly?'

Daeth braw i wyneb John James. Ofnai fod drws ar gael ei agor y byddai'n anodd iddo'i gau wedyn, 'Fel y gwyddoch chi, Mistyr Thomas, mae cyfrinachedd yn hanfodol yn eich gwaith chi fel yn fy ngwaith innau.'

I osgoi rhagor o gerdded ar wyau, cododd John James o'i gadair gan awgrymu y dylai'r Gweinidog wneud yr un peth. Pwysodd fotwm ar ei ddesg i alw Miss Phillips at y gwaith o luchio rhai allan pan fyddai gwres y gegin yn mynd yn rhy uchel. Daeth hithau yno, gynted ag roedd hi'n bosibl i'w thraed lluddedig ei chario.

'Ia, Mistyr James?'

'Os byddwch chi, Miss Phillips, mor garedig ag arwain Mistyr Thomas at y drws ffrynt.'

'Â phlesar, Mistyr James.'

'Diolch, Miss Phillips.'

'Diolch, Mistyr James.'

Pan oedd Miss Phillips ar fin tywys y Gweinidog o'r ystafell, agorodd John James ddrôr yn ei ddesg a thynnu allan fag o gnau, 'Mi gofiwch, Mistyr Thomas, mae'r tro ola' i Miss Phillips a minnau ga'l y plesar o'ch cwmni chi, oedd pan dderbyniasoch chi y parot hardd hwnnw yn anrheg, drwy ewyllys a thestament olaf y diweddar Camelia Peters.'

'Ia?'

'Mi rydan ni, yn ddamweiniol wrth gwrs, wedi dod ar draws pacad ychwanegol o'r cnau hynny oedd yn rhan o'r ewyllys, ac yn dymuno i chi a Musus Thomas . . .'

'Ma'r parot hwnnw, bellach, yn eiddo i Shamus Mulligan.'

Daeth cwmwl dros wyneb y Cyfreithiwr. Cyfeiriodd â llaw agored at faich o filiau a oedd yn melynu ar gongl ei ddesg, 'Drwgdalwr, Mistyr Thomas bach, os bu un erioed. Drwgdalwr. Ond cymrwch chi'r cnau yr un modd.'

'Ddim diolch,' ond gan feddwl 'stwffia nhw!'

Wedi eiliad i feddwl beth a wnâi â'r cnau a oedd yn prysur heneiddio daeth John James yn ôl at ei goed. Daeth yr haul yn ôl i'w wyneb. Gwenodd wên na allai neb ond cyfreithiwr ei gwenu, 'Wel, cofiwch fi at Musus Thomas yn gynnas ryfeddol, yn gynnas ryfeddol. Bora da, rŵan, Mistyr Thomas. Bora da.'

Wrth ddilyn Miss Phillips, hyd mochyn o'i hôl, ar hyd y coridorau tywyll, gwyddai'r Gweinidog iddo yntau y bore hwnnw – fel y gwybed yn y cyntedd a rostiwyd gan haul y blynyddoedd – roi'i draed mewn glud.

* * *

Daeth y brofedigaeth i'r Porfeydd Gwelltog yn gynt na'r disgwyl. William Howarth a wnaeth y cyhoeddiad y bore Sul cyntaf ym mis Mawrth, bedwar mis union wedi i Ifan Jones godymu ar y rhew a diflannu, gyda chyflymder toboganiwr Olympaidd, o dan odreon *Jeep Cherokee* Plas Coch a brifo'i hun.

'O ia, mi fydd yn ofidus gynnoch chi glywed, un ac oll,' meddai Howarth, yn iaith y fynwent, 'ein bod ni wedi colli aelod annwyl iawn, yn hynod o annisgwyl. Fedra' i ddim â datgelu pwy yn union sy' wedi'n rhagflaenu ni. 'Dydw i ddim wedi ca'l y mesuriadau eto,' ac ychwanegu y cymal stoc arferol, 'ond mi ddaw pethau'n gliriach i ni, un ac oll, yn y man.'

Deffrodd y gynulleidfa denau drwyddi o glywed y newyddion, ac aeth eu meddyliau yn syth at Ifan Jones a'r bwlch a fyddai o'i golli. Ond aeth y Gweinidog yn gingroen byw yn ei sedd o dan astell y pulpud. Pam gynllwyn na fyddai Howarth wedi'i hysbysu cyn dechrau'r oedfa, a hysbysu'i gyd-Flaenoriaid, am farwolaeth Ifan Jones yn lle gollwng taranfollt fel hon ar ganol addoliad?

Sylwodd Eilir ar amryw yn sychu deigryn slei o feddwl am yr hen Ifan Jones wedi colli'r dydd – Ceinwen yn eu plith. Roedd ganddo yntau lwmp yn ei wddw ond fel actor profiadol llwyddodd i guddio'i deimladau. Penderfynodd na fyddai'n cyfeirio at y golled y bore hwnnw hyd nes y câi gyfle i wasgu rhagor o wybodaeth allan o'r Ymgymerwr ar derfyn yr oedfa.

'Dyna'r cyfan o'r cyhoeddiadau, cyn belled ag y gwn i. Mi 'nawn i'r casgliad yn bresennol.'

Enw Ifan Jones a oedd ar wefusau pawb o'r gynulleidfa wrth iddyn nhw ddiferu allan, fesul un ac un, i haul gwan bore braf yn nechrau Mawrth.

''Tasa' nhw wedi mynd ag o adra,' meddai Daisy Derlwyn Hughes, 'fel ro'n i'n awgrymu, hwyrach y basa' fo hefo ni bora' 'ma. Gartra ma' pawb yn dymuno marw – pan ma' hynny'n bosib,' a chofio, unwaith eto, am Derlwyn, ei gŵr, a benderfynodd yn wahanol.

'Y Jac Black 'na oedd y drwg,' chwyrnodd John Wyn, yn methu â beio'r Gweinidog am ddim y bore hwnnw ac felly'n anelu at y cylch agosaf i'r bwl, ''Tasa fo, fel gofalwr y lle, wedi codi a dŵad at y capal, ben bora, i roi dipyn o halan dros y rhew mi f'asa'r hen Ifan yn fyw heddiw 'ma.'

'Yn ffodus iawn,' ebe Alfred Phillips, yn ddideimlad hollol, gan daflu cip i gyfeiriad y jîp, 'dim ond y braced oedd yn dal y sustem egsost hitiodd o, hefo'i ben, ac ma'r insiwrans wedi talu am un newydd i mi.'

'Mi ddeuda' i wrthach chi pwy lladdodd o,' meddai Meri Morris, yn fentrus. Cododd amryw eu clustiau. 'Y ddynas 'na fydda'n byw wrth ben y siop ddillad.'

'Musus Lightfoot,' promtiodd rhywun.

'Ia, honno. Ac fel gwyddon ni, nid dyna'r cynta' iddi yrru i'r nefoedd cyn pryd.'

Aeth yr atgof yn straen ar Daisy Derlwyn Hughes. Tynnodd allan hances ffriliog o'i bag llaw a chwythu'i theimladau yn ddistaw i honno.

'Tro dwytha' gwel'is i o,' meddai Meri, wedyn, yn cyfeirio at Ifan Jones, 'roedd o wedi troi llun 'i wraig â'i hwynab at y parad ac roedd iyrings dynas y siop ddillad ar ben 'i walat o.'

Gyda chil llygad, gwelodd amryw y Gweinidog yn dod allan o'r capel a Howarth ysgwydd yn ysgwydd ag o. Teimlwyd peth cywilydd am eu bod wedi mynd ati i chwilio pac yr hen Ifan Jones ar derfyn oedfa, ac yntau heb lawn oeri.

Cychwynnodd pawb am eu cartrefi cyn i Howarth a'r Gweinidog eu cyrraedd. Taniodd Alfred Phillips, Plas Coch, y *Jeep Cherokee*; llithrodd ymaith a Hopkins y Banc wrth ei ochr, y ddau'n mynd i foddi'r oedfa yn y clwb hwylio. Taniodd Meri Morris, hithau, y picyp nes roedd cwmwl o fwg dulas yn pesychu o'i ben ôl a Howarth, am foment, fel Moses yr Hen Destament gynt, yn cael ei guddio gan gwmwl. Tuchanodd y picyp ei ffordd i fyny'r allt, a'r poteli llefrith gweigion yn dawnsio'n swnllyd yn y trwmbal. Un neu ddau o'r gwŷr traed yn unig a lwyddodd i glywed yr Ymgymerwr yn datgan wrth ei Weinidog mai angladd cyhoeddus fyddai hwn, i ddynion yn unig, a dim ond yn y fynwent, ond gan ychwanegu y deuai 'pethau'n gliriach i ni, un ac oll, yn y man'.

*   *   *

Dynion yn unig, dyrfa dda ohonynt – yn braw o boblogrwydd yr un a fu farw – a ddaeth i'r angladd, gan swatio'n dyrrau rhynllyd yma ac acw ar hyd clawdd y fynwent, fel ieir ar dywydd garw, mewn ymgais i gysgodi rhag y gwynt miniog a chwythai o gyfeiriad yr Harbwr. Roedd yr hwyr ddyfodiaid, dynion eto, yn bustachu i barcio'u ceir yng nghloddiau'r ffordd drol a redai'n gyfochrog â'r fynwent ac yna yn cael eu sgubo gan y gwynt a'u danfon ganddo i ben eu taith ar gyflymdra mawr. Bu'n noson stormus ar fôr a thir ac roedd y cochni yn yr awyr yn awgrymu bod gwaeth i ddod. Ni allai Eilir lai na chofio am angladd y diweddar Derlwyn Hughes, wyth mlynedd ynghynt; yr un math o fore, gwynt deifiol o'r un cyfeiriad, a sachau o gymylau bygythiol, digon tebyg, yn hongian uwchben y môr yn warant bod dilyw ar gyrraedd.

Pan ddaeth yr awr, daeth Howarth allan o'r hers yn ei gôt gynffon fain a'i het fowler a Jac yn ei ddilyn, hyd ci wrth tsaen. Fel math o Ganiwt yn ymladd yn erbyn yr elfennau, cododd Howarth ei fraich i'r awyr i ymbil ar i'r galarwyr ddod o fewn clyw i'r Gweinidog ond ni syflodd neb gam allan o gysgod y clawdd. Yna, gwelodd y corwynt ei gyfle. Cydiodd yn het

Howarth a'i chodi oddi ar ei ben yn uchel i'r awyr a'i gollwng lathenni i ffwrdd i ddawnsio'i ffordd rhwng y cerrig beddau.

'Jac, fy het i,' bloeddiodd Howarth uwch y gwynt. Golygfa gomig oedd gweld Jac Black, fel rhyw Jac Do ar ddrycin, yn hopian ei ffordd ar hyd porfa'r fynwent a'r het yn rhoi naid arall pan oedd ar gydio yn ei chantel.

Pan oedd y Gweinidog ar ddechrau darllen y gollyngdod arferol, plygodd Howarth yn ei gwman, ond gyda chryn ymdrech, a chodi dyrnaid o bridd o'r ddaear wleb.

'Felly, rhoddwn weddillion ein diweddar chwaer, Dwynwen Georgina Lightfoot yn y bedd hwn . . .,' ac yna Howarth yn lluchio'r lwmp clai ar gaead yr arch.

Wedi codi'i ben o'i lyfr, sylwodd Eilir ar rai o'r dynion yn taflu gwên atgofus at ei gilydd. Am unwaith, roedd yr Ymgymerwr wedi taro deuddeg, cnebrwng mawr i ddynion yn unig a weddai i Dwynwen Lightfoot o'r *Lingerie Womenswear*.

Wrth adael y bedd agored ni allai'r Gweinidog lai na sylwi bod carreg fedd dalfrig y diweddar Derlwyn Hughes – 'cyn-faer ein Bwrdeistref' – yn ddichwaeth o agos i'w bedd hithau. Rhyfeddodd fwy o weld bod Daisy, ei weddw, wedi mynnu llythrennu'r geiriau 'a fu farw oddi cartref', a hynny mewn llwch aur, ar wyneb y garreg farmor.

Yn y pellter, ag un llaw yn cydio'n dynn yn ei het, roedd William Howarth yn sgubo'r galarwyr yn ôl i'w ceir, cyn gynted â phosibl, gan fod sach o gwmwl du fel inc yn dechrau gollwng ei ddiferion. Dim ond wedi i'r dyrfa ddechrau teneuo y sylwodd Eilir fod yr hen Ifan Jones yn bresennol, yn ei gadair olwyn, a Jac, erbyn hyn, yn ei llorpiau. Cerddodd drwy ddafnau o law bras i'w gyfeiriad. Roedd y Gweinidog yn falch o weld bod Ifan Jones yn ei siwt Sul arferol ac 'yn ei iawn bwyll'. Yr unig olion prin o'r wlad bell a oedd yn aros, oedd dafnau *flamingo red* yma ac acw ar wallt ei ben; gwallt a oedd, unwaith eto, yn aildyfu yn sanctaidd wyn.

'Mi fydd yn chwith i mi ar 'i hôl hi, Mistar Thomas.'

'Bydd, debyg,' ond yn cael anhawster i fedru credu hynny.

'Mi aeth,' a thaflu cip hiraethus i gyfeiriad y bedd agored, 'cyn ca'l be' ro'n i wedi'i fwriadu ar 'i chyfar hi.'

'Mi alwa' i hefo chi yn y Porfeydd Gwelltog un o'r dyddiau nesa' 'ma, i ni ga'l sgwrs.'

'Fydd dim rhaid i chi, Mistar Thomas.'

'O?'

'Na, mi rydw' i, erbyn hyn, yn ôl ar fy aelwyd bach fy hun.'

'Wel, unrhyw gymwynas, Ifan Jones, a fydda' i ddim ond yn rhy falch o'i chyflawni hi.'

'Leciwn i, Mistar Thomas, 'tasa hi'n bnawn go braf, i chi fy mowlio i cyn bellad â swyddfa John James y Twrna'. Pan fydd hynny'n gyfleus i chi.'

'Mi fydda' i'n falch o'r cyfle,' ac roedd hynny'n wir.

Daeth yr angladd i ben â golygfa yr un mor gomig: Jac Black yn gwthio'r gadair olwyn dros fryniau a phantiau'r fynwent ar gyflymdra gyrrwr Grand Prix a'r nefoedd yn ei harllwys hi.

'Gobeithio na cheith yr hen ŵr ddim niwmonia,' ebe Eilir, wrth ddisgrifio'r olygfa i Ceinwen yn ddiweddarach ar y dydd.

Unig ateb honno oedd, 'Diogelach na cherddad ar rew.'

2. *KATHLEEN MULLIGAN*

Pan oedd y Gweinidog yn cerdded heibio i siop O'Hara'r Bwci clywodd rywun yn dyrnu'r ffenest. Safodd ar hanner cam. Gan i O'Hara weld yn dda i roi gwydrau barugog yn ei ffenestri 'doedd dichon i neb a oedd o'r tu allan weld pwy oedd y tu mewn, a hyd y gwyddai Eilir roedd hi'r un mor amhosibl i'r neb a oedd y tu mewn weld pwy oedd y tu allan. Bu dyrnu caled eto. O godi'i olygon, gwelodd y Gweinidog gantel het felfaréd a phâr o lygaid duon yn pefrio i lawr arno drwy ddarn clir o wydr lle roedd y barrug wedi plicio ffwrdd – naill ai drwy ddamwain neu o fwriad. Ar hynny, daeth Shamus Mulligan allan o'r ffau; ofarôl yn darmac i gyd, crys tenau yn agored at y bogail – serch ei bod hi'n fore digon llaith – a'r het, erbyn hyn, yn ôl ar ei wegil.

'Lwcus i fi gweld chdi, Bos.'

'Sudach chi, Shamus?'

'Giami, Bos bach.'

'Be' sy'n bod?'

'Creisis arall, ia?' ac ysgwyd ei ben yn drist.

'Colleen?' awgrymodd y Gweinidog, yn annoeth, newydd gael achlust gan Cecil Siswrn, wrth iddo geisio sleifio heibio i'r Tebot Pinc, fod un arall o'r Mulliganiaid wedi bod yn gori allan.

'Hogan da, Colleen, Bos.'

'Pryd ma' hi'n disgw'l

37

rhagor o . . .?'

'S'dim isio i ti colli dim cysgu am peth, Bos bach. Dim Colleen sy' 'di mynd i trwbwl.'

'Pwy 'ta?'

''Ti'n gw'bod gwraig fi?'

'Be'?'

'Y fo sy' 'di mynd i trwbl, cofia.'

'Kathleen?'

'Ia, fo, Bos.'

Am eiliad, teimlodd Eilir ei waed yn fferru. Fel pawb arall ym Mhorth yr Aur gwyddai am epilgarwch toreithiog y Mulliganiaid – mor egnïol bron â'r cwningod a borai rhwng eu carafanau moethus ar Ben y Morfa – ond go brin bod yr ail wynt hwnnw a ddaeth heibio i Abram a Sara yr Hen Destament wedi disgyn ar Shamus a'i wraig. Eto, cyn belled ag roedd y Mulliganiaid yn y cwestiwn roedd yr annisgwyl yn bosibl os nad yn debygol.

'Llongyfarchiadau i chi.'

Am foment daeth annealltwriaeth i wyneb melyn y Tincer ond yna gwelodd yr ergyd, fel y tybiai, 'O! 'ti'n meddwl am *Heavy Bum* yn Wincanton?' gan gyfeirio at geffyl y bu'n ei wylio'n rhedeg. 'D'aru fo syrthio ar 'i din, cofia, hannar ffor'.' Yna, holodd yn bryderus, 'D'aru ti colli pres, Bos?'

'Na, na. Ych llongyfarch chi ro'n i o ddallt bod Kathleen, Musus Mulligan felly, yn disgwyl babi.' (Bu bron iddo ofyn, fel y gwnâi Shamus ei hun ar bob achlysur tebyg, pwy yn y byd a oedd wedi saethu?)

Wedi eiliad neu ddau disgynnodd y geiniog a daeth gwên seis banana i weflau Mulligan, ''Ti 'di ca'l *miscue*, Bos bach. Ma' fo *past it*, cofia. Gwaetha'r modd.'

'Ydi debyg, erbyn meddwl. Heblaw ma' gynnoch chi dîm ffwtbol acw fel ag y ma' pethau.'

'A *reserve team*, Bos. Os 'ti'n cyfri genod fi. Genod da, Bos.'

'M,' gan gofio'u mynych lithriadau.

Pan ddaeth taid Shamus i Borth yr Aur o rosydd oerion Connemara wedi'r ail ryfel byd dysgodd, dros nos, fod puprad o'r Gymraeg yn help i werthu pegiau, a phan ddechreuodd fynd o amgylch yr ardal hefo'i drol a'i geffyl i hel hen heyrn gwelodd fod pinsied o'r iaith frodorol yn hwb i'r busnes sgrap yn ogystal. Yr hyn oedd yn ddirgelwch i Eilir oedd na chollodd neb o'r teulu ddafn o'r acen Wyddelig er byw am dair cenhedlaeth allan o'u cynefin; roedd honno yn dal i lynu fel triog a'r un mor dew. Fodd bynnag, Cymraeg a siaradai Shamus gyda phawb yn ddiwahân, ond gan iddo golli cymaint o ysgol ni ddaeth i ben â threigladau'r iaith ac roedd cenedl enwau'n ddirgelwch llwyr iddo – fel i weddill y llwyth. Fel 'fo' y cyfeiriai at ei wraig, bob amser, a phob dynes a dyn arall o ran hynny.

Tynnodd Shamus Mulligan sigarét wedi'i rowlio'n barod o du ôl i'w glust a mynd ati i'w thanio; arwydd pendant fod ganddo wewyr meddwl. Wedi llyncu cegaid o fwg a'i chwythu allan drwy'i ffroenau daeth â'i gwch i dir.

''Nei di g'neud *big favour* i mi, Bos?'

'Ia?'

'I tynnu Musus fi allan o trwbl.'

'Dibynnu be' 'di'r ffafr,' gan gofio iddo fynd i lawr llwybr felly o'r blaen a'i chael yn ffordd bengoll.

'Ceith gwraig fi joinio capal chdi?'

'Y?'

'Ma' fo'n dynas *religious*, cofia.'

'Mi wn i am 'i duwioldeb hi,' ebe'r Gweinidog wrth gofio fel roedd y garafan ar Ben y Morfa yn blaster o luniau seintiau Catholig ac roedd yno lun sawl purdan ar ben hynny.

'Ma' fo'n mynd i tombola bob wsnos, cofia.'

'Dyna'r pwynt, Shamus. Pabyddion ydach chi fel teulu a fydda'r Tad Finnigan ddim yn cysgu'n dawal iawn petai o'n gwybod fod un o'r praidd yn newid corlan.'

Yn wir, fe wyddai Eilir na fyddai Finnigan yn cysgu o gwbl. Roedd Jim ac yntau'n gyfeillion agos – ar delerau enwau cyntaf â'i gilydd – ond roedd y Tad Finnigan yn warcheidiol iawn o'i braidd ac yn un a chwyrnai chwyrniad ci yn gwarchod asgwrn pan ffroenai fod unrhyw broselytio ar y gweill.

'Boi giami, Bos.'

'Y Tad Finnigan?'

'Ma' fo'n yfad fath â stag, ia?' – ac roedd hynny'n wir – 'ond yn mynd i ben *cage* pan fydd hogia' fi yn ca'l *lush*.'

''Rioed?' ond wedi clywed am hynny sawl tro o'r blaen.

'Ceith o dŵad *now an' then* gin ti, 'ta?' plediodd eilwaith ar ran ei wraig.

Lliniarodd y Gweinidog beth, ac ateb, 'Ma' croeso iddi droi i mewn i amball oedfa. Bora Sul, am ddeg ma'r . . .'

''Ti 'di ca'l *mis-cue* arall, Bos bach. Isio dŵad yno ar nos Wenar ma' fo.'

'Ar nos Wenar?'

'Pan ti'n ca'l merchaid i stripio . . .'

Cododd y Gweinidog ei ddwylo mewn braw, 'Ylwch yma, Shamus, 'does a wnelo fi ddim byd â'r hyn sy'n digwydd ar nos Wenar. Ryw fath o Glwb Colli Pwysau ydi o, sy'n cyfarfod yn y festri. A 'dydi'r merchaid, hyd y gwn i, ddim yn stripio.'

'Jac yn deud.'

'Pwy Jac?'

'Mêt chdi, Jac Black. Fo oedd yn deud yn y 'Fleece'. A bod isio i Oli Paent a MacDougall fynd yno i ga'l stag.'

Teimlodd Eilir y dylai gywiro ffeithiau ar fyrder a phellhau'r berthynas rhyngddo a Jac Black, mor bell â phosibl. 'Yn gynta', 'dydi Jac Black ddim yn gyfaill mynwesol i mi. Dim mwy na neb arall. A pheth arall, y dyn sy'n rhedag y Clwb ydi Cecil. Cecil Humphreys.'

'Boi 'na fath â dynas 'ti'n feddwl, ia?' holodd Shamus.

''Fydda' i'n galw yno, weithiau, bydda'. I ddangos fy wynab, wrth bod yr elw'n mynd at yr achos.'

'A ma' Jac yn mynd?'

'Ydi,' atebodd y Gweinidog yn sychlyd, yn mawr amau cymhellion Jac Black dros fod yno o gwbl, 'er mwyn agor a chau, medda' fo.'

'Gwranda, Bos. 'Ti 'di gweld gwraig fi, *recently*?'

'Do.'

'Heb 'i dillad?'

'Do . . . y . . . naddo!'

''Na' i dangos fo i chdi, tro nesa' 'nei di galw yn carafán. Ma' fo wedi mynd yn tew, Bos bach. Fath â mochyn.'

'Mae hi yn wraig drom, ma'n rhaid cyfadda'.'

'Pan 'nei di 'i gweld o nesa', ia? Heb 'i dillad.' Oerodd y Gweinidog drwyddo wrth ddychmygu'r fath olygfa; yna, beiodd ei hun yn syth am iddo syrthio i'r demtasiwn o ddychmygu o gwbl. 'Ma' fo fath â balŵn, Bos . . . ond bod gynno fo *wrinkles*. Os na cheith o dŵad i *strip-club* capal chdi, ma' fo'n peryg' o byrstio.'

I osgoi dinoethi rhagor ar Kathleen Mulligan ar y stryd fawr penderfynodd y Gweinidog na fyddai dim harm yn y byd i wraig Shamus ymuno â'r Clwb Colli Pwysau ond dal ei chysylltiad addoli, arferol, â'r eglwys Gatholig, 'Dyna fo 'ta, os daw Musus Mulligan draw erbyn saith nos Wenar mi ofynna' i i Cecil 'i rhoi hi ar y glorian.'

'Boi da ti, Bos,' ac ysgwyd llaw yn gynnes ryfeddol nes roedd pawen y Gweinidog, druan, yn dar brown i gyd.

Pan oedd y Gweinidog yn cerdded ymaith clywodd Shamus yn gweiddi o drothwy'r siop fetio, ''Ti isio i fi tarmacio rownd capal i chdi, Bos?'

'Ddim diolch.'

''Neith Shamus g'neud o ar y *cheap*. Wrth bod gwraig fi'n *member*.' Ond aeth y Gweinidog yn ei flaen, heb ateb.

* * *

Wrth y bwrdd swper nos Sul, bythefnos ynghynt, ac yntau newydd ddychwelyd adref o'i gyhoeddiad, yr aeth hi'n gôrt-marsial ar y Gweinidog.

'Eilir!'

'Ia, Ceinwen?'

41

''Nes i ddallt yn iawn be' gyhoeddodd Ifan Jones bora 'ma?'

'Sut gwn i, a finnau yn Aberdaron? A pheth arall, ma'r hen Ifan yn siarad yn ddigon myngus pan fydda' i'n bresennol.'

'Biti na fydda' fo'n ca'l pethau callach i'w cyhoeddi ddeuda' i.'

'Be' 'ti'n feddwl?'

'Os ydi be' gyhoeddodd o bora 'ma yn wir, ma' hi'n warth 'i fod o wedi cyhoeddi'r peth o gwbl.'

'Be' gyhoeddodd o?' gan ddal i fwyta, heb ddychmygu y storm a oedd ar dorri.

'Eilir, stopia gnoi am funud!

'Sori.'

'Deud wrtha' i, wyt ti'n bwriadu cynnal math o glwb dinoethi yn y festri?'

'Be'?'

'Ar nos Wenar.'

Arfer y Gweinidog i osgoi crocbren oedd chwilio am fwch dihangol a phellhau'i hun oddi wrth bethau. 'Wel, ma'r Blaenoriaid wedi cytuno i gynnal rhyw fath o glwb colli pwysau yn y festri, i ferchaid yn unig . . . i helpu'r achos.'

'A phwy gafodd y syniad gwallgo', os ca' i ofyn?'

'Cecil.'

'Y Tebot Pinc!' ac felly y cyfeiriai Ceinwen at Cecil druan pan fyddai hwnnw, yn ei thyb hi, wedi baeddu'i glwt.

'Mae o wedi bod ar gwrs, medda' fo, a . . .'

'Cwrs? Sut fath o gwrs?' a phoeri'i chynddaredd i gyfeiriad y jwg mint-sôs.

'Mae o 'di bod yn stydio gwaith rhyw Almaenwr, Joseph Pilates ne' rwbath, ar sut i golli pwysau a gwella siâp y corff yr un pryd. Ac mi fydd yn help i'r capal.'

'Sut?'

'Wel, os dalltis i Cecil yn iawn, mi fydd pawb yn talu am ga'l perthyn ac yn gorfod rhoi arian at y capal am bob pwys fydda' nhw 'di'i ennill.' Yna, mentrodd roi blaen ei droed mewn dŵr poeth, 'Fedrat ti, Cein, roi cynnig arni.'

'Fi? Eith yr un o 'nhraed i yn agos i'r lle.'

'Ond Cein bach, 'does 'na ddim byd anfoesol yn y peth. A pheth arall, fel llywydd y pwyllgor, 'doedd gin i fawr o lais yn y peth.'

Dyna'r foment y daeth Ceinwen â thystiolaeth i'r gwrthwyneb i olau dydd. Chwipiodd o dan glustog ei chadair gopi o'r Porth yr Aur *Advertiser*, 'Wyt ti 'di gweld hwn 'ta?'

'Ddim eto.'

'Weli di be' sy ar y dudalen flaen?' gan ddal y papur i fyny a'i bys yn gleddyf llym dau finiog yn pwyntio at bennawd dwyiethog, ' "Corff newydd gyda'r Hen Gorff".'

'Ia.'

'Ac mae'r Saesneg yn waeth wedyn, *"Let the Minister get his hands around you"*.'

Dyna'r pryd y chwythodd y Gweinidog ffiws, 'Ond ma' hwnna'n gelwydd i gyd. Newyddiaduraeth y gwtar ydi peth fel'na.'

'Ac ma'r *guru*, a Cecil 'di hwnnw, yn deud y byddi **di** yno.'

'Gwrw ddeudist ti?'

'Y papur sy'n 'i ddisgrifio fo felly – nid fi.'

'Olreit. Mi 'nes i addo i Cecil y byddwn i'n picio i mewn, o bryd i'w gilydd. I ddangos cefnogaeth iddo fo. Mi wyddost, Cein, mor dda ydi o wrth y capal.'

Bu saib yn y croesholi. Ceinwen yn codi'i throed oddi ar y sbardun am foment er mwyn i gydwybod ei gŵr ddarfod rhostio a'i gŵr yn tawel gnoi tamaid o gig oen oer, digon seimlyd, ac yn teimlo bod hwnnw'n glynu wrth daflod ei enau.

Ceinwen oedd y cyntaf i siarad, 'Wyddost ti, Eilir, bod Ifan Jones, wrth gyhoeddi bora 'ma, wedi gorfod darllan, i gynulleidfa gymysg, restr hir o ddillad isa' merchaid?'

'Be'?'

'A hynny yn Saesnag. Y math o ddillad, yn ôl Cecil, fydd yn addas i'r gwaith. Ac mi aeth yr hen dlawd i gaeth-gyfla ynghanol tomennydd o bantis a syspendars, a phethau mwy preifat hyd yn oed na hynny. Ond pan ddaeth o ar draws y gair *négligé* mi bwriodd hwnnw fo ar wastad ei gefn.'

Serch y gwyddai fod ei groen ar y pared ni allai'r Gweinidog ymatal rhag gwenu.

'Chwerthin wyt ti?'

'Wel, jyst dychmygu'r hen Ifan dw' i, yn baglu'i ffordd drwy geriach cynnil o'r fath, fel llo newydd 'i eni yn ymdrenglan mewn gwellt.'

Dyna'r foment y methodd Ceinwen ag atal y llifddorau. Roedd hithau, fel ei gŵr, wedi'i magu ar ffarm ac wedi gweld sawl llo newydd anedig yn methu â chael ei draed dano. Daeth gwên i'w gweflau hithau; ffrwydrodd y wên yn llond bol o chwerthin iach ac aeth y chwerthin hwnnw dros ben llestri. Un fel yna oedd Ceinwen, yn dân a brwmstan dros ennyd – yn enwedig pan deimlai bod ei gŵr yn rhy barod i fynd gyda'r lli – ond anaml, os byth, y byddai'r haul yn machludo ar ei digofaint.

*   *   *

Bu'r Clwb Colli Pwysau yn festri Capel y Cei o dan gwmwl o'r dechrau. Pan gyrhaeddodd y Gweinidog i'r cyfarfod cyntaf roedd yno gryn ddwsin o ferched, rhai tewion iawn at ei gilydd, mewn gwahanol gyflyrau o ddadwisgo a Cecil fel rhyw dop wedi'i chwipio yn gogordroi o'u hamgylch mewn leotard pinc a chwisl dun yn hongian wrth ruban am ei wddw.

'*Now* genod,' a chlapio'i ddwylo'n egnïol, 'i'ch *bare essentials, as quickly as possible* . . . Thenciw.' Gyda chil ei lygaid gwelodd Eilir yn landio; prysurodd tuag ato a chwpanu dwylo'i Weinidog yn ei ddwylo'i hun, ''Dach chi wedi landio, cariad. *You've made my day*.'

'Sudach chi, Cecil?' a cheisio ymryddhau'i hun o'i afael.

'Yn llawar gwell o'ch gweld chi, siwgr. *As usual*.'

Daeth sŵn o gyfeiriad drws y festri a llifodd pedwar neu bump o grymffastiau tua'r pymtheg oed i mewn. O weld y merched yn dadwisgo dechreuodd un neu ddau gymryd arnynt chwibanu'u hedmygedd. Cerddodd y Gweinidog i'w cyfeiriad a sylweddoli'i fod yn bras nabod un neu ddau: methiannau amlwg cyfarfod plant ac ysgol Sul y Capel Sinc, y capel cenhadol ar yr Harbwr.

'Isio gw'bod 'dan ni lle ma'r jimnesiym?' holodd y lladmerydd, yn ddigywilydd ddigon.

'Be' 'ti'n feddwl?'

'Nain Cwini'n deud, bod nhw'n deud yn capal, bod 'na Glwb Codi Pwysau yn festri.'

Roedd gwybodaeth ail-law y nain honno – Cwini Lewis, Llanw'r Môr – yn hanner gwir. Ifan Jones, wrth gyhoeddi, oedd wedi camddarllen y cyhoeddiad a rhoi'r gair 'codi' i mewn yn lle 'colli'.

'Camgymeriad oedd hynny, yn anffodus. Deud ti wrth dy nain bod yn ddrwg gin i, 'nei di?'

'O'dd Desmond a fi,' a throi at un arall o'r giang, 'yn arfar dŵad i band o' hôp Capal Sinc.'

'Stalwm, oeddach.'

'Lle cŵl, ia?' ebe Desmond i geisio cynhesu calon y Gweinidog.

Yna, gwelodd y cybiau Cecil yn dawnsio'i ffordd rhwng y merched a dyma un neu ddau'n dechrau gweiddi arno, yn bowld, 'Haia, Ces?'

Dyna'r foment y daeth Jac Black i fyny o ddyfnderoedd y seler, yn ei jyrsi nefi-blw a'i gap llongwr, a nabod arwyddion hyricen yn codi. Wedi'r cwbl, roedd ganddo well adnabyddiaeth o'r bechgyn na'r Gweinidog (roedd dau neu dri ohonynt yn gwsmeriaid o dan oed yn y 'Fleece') ond llawer llai o gariad tuag atynt. Cofiodd iddo ddal rhai ohonynt, ar fwy nag un achlysur, yn torri tyllau mwy yn ei rwydi pysgota.

'Reit, sgidadlwch hi, diawlad! Cyn i mi roi blaen welington dan ych pen ola' chi,' a dechrau cerdded yn araf, fygythiol i'w cyfeiriad, fel sieriff yn cerdded i mewn i salŵn mewn ffilm gowboi.

'O'dd Nain Cwini'n deud . . .'

''Ti'n 'i g'leuo hi, clap?' Ciliodd y protestwyr wysg eu cefnau dan furmur eu hanfodlonrwydd mawr, 'Ddeuda' i wrth Taid Speic . . . Ma' fo 'di bod yn reslo . . . Isio llosgi Capal Sinc sy'!'

Wedi i'r brotest glirio, rhoddodd Cecil un chwibaniad hir ar y chwisl dun a mynd at waith y noson, 'Rŵan *ladies*, dw' i am i chi i gyd ista ar ych cwrcwd. *The kangaroo stance. And mind the splinters.*'

Arswydodd y Gweinidog wrth feddwl, nid yn unig sut yr âi rhai o'r merched hyn ar eu cyrcydau ond sut y byddai modd iddyn nhw godi wedyn a hwythau heb draed blaen. Ond yn raddol, fesul un ac un, aeth pob un i'w gwrcwd nes roedd llawr pren y festri'n gwegian o dan y straen. Yr ystwythaf o ddigon oedd Meri Morris, Llawr Dyrnu. Powlten gron oedd Meri, braidd yr un hyd a'r un led, ond oherwydd y camu'n ddyddiol i mewn ac allan o bicyp, wrth ddanfon llefrith o dŷ i dŷ, roedd hi mor ystwyth â walbon. Yr olaf i ddisgyn ar ei phen ôl, fymryn yn galed, oedd Anemone Howarth, gwraig yr Ymgymerwr. Wedi eistedd felly, cododd ei phen i fyny, hyd yr oedd hynny'n bosibl, fel morlo'n begio am bennog.

'Dowch i mi egluro, *ladies, if I may*. Mi rydan ni am drafod y corff cyfa', *the whole body. Body enhancement* 'dan ni'n galw'r peth.'

Llipryn main, ystwyth oedd Cecil heb fod yn cario owns yn ormod o bwysau. Canlyniad llosgi ynni wrth warchod ei wahanol fusnesion ym Mhorth yr Aur oedd hynny yn fwy na dilyn athroniaeth yr un Pilates. Landio ym Mhorth yr Aur fu ei hanes, fel o unman, yn dorrwr gwalltiau merched ac agor y Siswrn Cecil *Scissors* yn Stryd Samson, ac yn nes ymlaen, dŷ coffi dethol o dan yr unto a fedyddiwyd ganddo yn Tebot Pinc. O ble y cafodd ei Gymraeg simsan, wyddai neb, ond yr hyn a ferwinai glustiau'r Gweinidog yn fwy na dim arall oedd ei arfer o growtio rhwng y brawddegau Cymraeg blastr o Saesneg ffansi – fel petai o'n siopwr o Gymro yn oes Fictoria.

'Fel ma' 'Ngw'nidog annw'l yn gw'bod,' a pheri i hwnnw

deimlo'n groen gŵydd i gyd, 'ma' gan bob un ohonon ni y siâp ma'r *Holy One* wedi'i roi inni. *We can't change that, I'm afraid,*' a thaflu cip awgrymog i gyfeiriad Musus Howarth a oedd yn dal i fegio am bennog, 'ond mi fedrwn ni wella'r *perspective.*'

Lluchiwyd drws y festri'n agored, a chydag ymdrech eliffantes yn entro bocs matsus daeth Kathleen Mulligan i mewn – wysg ei hochr, ar yr ail dac – wedi dadwisgo'n barod: fest goch ar fyrstio a siorts du gyda'r llydanaf posibl ond yn anfoesol o gwta.

'*Evenin'*, *Father,*' a chyfarch y Gweinidog.

'*On your bum, dear,*' gorchmynnodd Cecil yn methu â chofio ar y funud beth oedd 'cwrcwd' yn Saesneg.

Wedi edrych ar y patrwm, disgynnodd i'w chwrcwd heb unrhyw drafferth. Gwyddai'r Gweinidog mai eistedd yn siâp cangarw ar step y garafán oedd arfer dyddiol Kathleen Mulligan, i gadw llygad ar y bataliwn o blant a drigai yn y gwahanol garafanau ac i gynnal llys gyda'i merched a'i meibion yng nghyfraith.

'Dowch i mi gyflwyno, *may I introduce*, y ddau *gentleman* sy' hefo ni i'n cynorthwyo ni, '*The Reverend* Thomas, fo fydd yn ych pwyso chi. . .'

'Ond, Cecil, 'dydw i ddim wedi addo gneud . . .'

'. . . Os ca' i ddarfod, siwgr? *If I can just finish?* Fo fydd yn ych pwyso chi a Mistyr Black, fo, yn garedig iawn, fydd yn ych mesur chi.'

Cododd tonnau o brotest, o sawl cyfeiriad, 'Be'? . . . Yn 'n mesur ni? . . . No-wê ceith o fesur i!'

Aeth Cecil Siswrn ati wedyn i ddosbarthu'r merched i wahanol siapiau, drwy dynnu lluniau gwahanol ffrwythau ar y bwrdd gwyn gan ddechrau gydag Anemone, dindrwm, 'Musus Howarth, *pear shape.*'

Cafodd beth trafferth i ddychmygu i ba ffrwyth yr ymdebygai Freda Phillips, gwraig yr adeiladydd. Problem 'Ffrîd Plas Coch' oedd bod ganddi glamp o fol – canlyniad gormod o'r *Death by Chocolate* hwnnw wrth y pwll nofio –

dim pen ôl a chefn yn troi at i mewn. Wedi eiliad o bendroni, tynnodd Cecil lun clamp o fanana, ac ennyn ei gwg.

Gyda gwraig Shamus, fodd bynnag, y cafodd y drafferth fwyaf. Y gamp oedd medru meddwl am ffrwyth gyda digon o gylchedd iddo. Yn sydyn, cafodd weledigaeth y noson, 'Musus Mulligan, *dear, you are a pumpkin.*'

'*Indeed. Is that so?*'

Bu Cecil yn brywela'n hir ynghylch wyth rhaglen greiddiol y Cynllun Pilates a phwysigrwydd trafod y corff cyfan yn y frwydr i golli pwysau a mantais hynny i rai'n beichiogi – serch bod y merched a oedd o'i flaen wedi hen basio y posibilrwydd hwnnw. Yna, ar derfyn y noson, aed at y pwyso a'r mesur.

'Os gnewch chi *ladies, to start with,* stepio ar y glorian. Ac mi ddaw fy Ngw'nidog annw'l i ymlaen *to do the necessary* . . . Thenciw.'

Aeth y pwyso ymlaen yn weddol ddidramgwydd. Y peth annifyrraf i'r Gweinidog oedd gorfod gwthio'i ben heibio i aceri o gnawd, digon crychlyd, i graffu pa neges a oedd ar wyneb y glorian electronig.

Pan gamodd Anemone Howarth arni griddfannodd y glorian, fel sbrings gwely dan ormod pwysau a'r rheini wedi rhydu, a chofnodi bod yna ddeunaw stôn, a mwy, yn pwyso ar ei gwynt. Ond pan aeth Kathleen Mulligan i fyny, ymddangosodd neges fygythiol ar wyneb y glorian yn dweud na fedrai hi gynnal na chofnodi y fath bwysau afiach. Pan oedd Kathleen ar gamu i'r llawr, cododd mwg llwyd o gefn y peiriant a rhoddodd y glorian electronig un ochenaid derfynol a chwythu ffiws.

Unig orchwyl y Gweinidog adeg y mesur oedd cofnodi'r enw ac yna'r ffigurau roedd Jac Black yn eu lluchio tuag ato. Roedd Jac yn mesur o'r top i'r gwaelod, 'Anemone Howarth!'

'Ia?'

'Y bow,' ac yn nhermau siâp llong roedd Jac yn meddwl, 'hannar can modfadd.'

'Diolch.'

'Dec.'

'Ia?'

'Pedwar deg ac un.'

'M.'

'Starn . . . trigain modfadd a chwartar.' Wedi rhoi slap chwaraeus ar ben ôl Musus Howarth gwaeddodd yn uchel, fel petai o mewn syrjyri doctor, 'Nesa!'

Ni allai y Gweinidog lai na gwenu o weld difyrrwch Jac wrth y gwaith ac annifyrrwch amlwg y gwragedd pan oedd Jac, byr o gorff, yn eu hamgylchynu deirgwaith â'i dâp mesur.

'Kathleen Mulligan!' Bu rhaid i Jac fynd i ben cadair i fedru mesur y top. 'Bow. . . . trigian modfadd, ne' well. Welis i ddim brestiau fawr mwy 'rioed.'

'Dec!'

'Ia?'

'Ma' hi'n nes at hannar can modfadd na dim arall.'

'Reit.'

'Starn . . .,' a dechreuodd Jac gerdded o amgylch cluniau Kathleen Mulligan, fel petai o'n rowndio tas wair, a mynd i drafferthion, 'Fedra' i ddim mynd rownd hi, heb golli gafa'l ym mhen arall y tâp.' Taflodd gip blin i gyfeiriad y Gweinidog, 'Diawl, rhowch hand i mi.'

'*You can put your hands round me any day, Father,*' meddai hithau, wedi deall y neges, a thaflu cip llawn temtasiwn at y Gweinidog, un a ystyriai hi yn Offeiriad iddi.

*   *   *

Pan gyrhaeddodd y Gweinidog at y capel un noson braf yn nechrau Medi – a hynny'n gynnar – ar gyfer cyfarfod agoriadol Cymdeithas Ddiwylliannol Capel y Cei a'r Capel Sinc roedd y lle yn un bedlam; ceir a faniau a lorïau y Mulliganiaid wedi parcio ymhob twll a chornel. Roedd rhai o'r faniau wedi'u parcio ar sgi-wiff hanner i fyny'r cloddiau a lori felen, uchel, a'r geiriau 'Shamus O'Flaherty Mulligan a'i Feibion' ar ei hochr wedi'i pharcio ar lain o darmac a

49

neilltuwyd i'r anabl, yn union wrth ddrws y capel, a tharmac heb lawn oeri yn dal i fygu o dan shiten denau o ddarpwlin.

Roedd y llwybr a arweiniai i'r festri yn ddu o Fulliganiaid o bob oed: nifer yn fabanod ychydig fisoedd, a ddylai fod yn eu gwlâu yn hytrach nag mewn cyfarfod o Gymdeithas Diwylliannol yn dechrau am saith. Yn eu canol, roedd Shamus ei hun, yn ceisio gwastrodi rhai o'r wyrion. Gyda chil ei lygad gwelodd Eilir un ohonynt yn cydio yn erial car John Wyn, Ysgrifennydd folcanig y capel, ac yn ei phlygu i siâp wy. Offrymodd weddi daer o ddiolchgarwch nad oedd John Wyn ei hun o fewn pellter gweld. Roedd Mulligan bach arall, pedair i bump oed yn ôl ei olwg, yn gollwng gwynt teiar blaen *Jeep Cherokee*, dim gwaeth na newydd, Fred Phillips, Plas Coch. Penderfynodd Eilir ailbarcio'i gar yn un o'r strydoedd cyfagos yn hytrach nag yng nghyffiniau'r capel.

Pan oedd yn cerdded i lawr yr allt at y capel fe'i gwelwyd gan Shamus; rhoes hwnnw heibio'i waith bugeiliol yn y fan a brysio i'w gyfeiriad.

'Neis gweld chdi, Bos.'

'Sudach chi, Shamus?'

'Ar ben y byd, Bos bach. Pryd ma' *opening time* chdi?'

'Saith, cyn belled ag y gwn i. Heblaw 'does 'nelo fi ddim byd â'r cyfarfod. Cecil, sy' 'di trefnu'r noson.'

'Boi da, Bos.'

'Ydi . . . debyg,' ond ofn eilio hynny gan na wyddai sut noson a oedd o'u blaenau.

''Ti 'di gweld gwraig fi *recently*?'

'Do.'

'Heb dim amdano fo?'

Ysgydwodd y Gweinidog ei ben, yn cofio iddo ateb cwestiwn ynfyd felly unwaith o'r blaen, o leiaf.

'B'asa hi'n *treat* i chdi gweld o.'

'B'asa, debyg,' a chicio'i hun yn syth am iddo fod mor wirion ag ateb. 'Hynny ydi, mae'n siŵr ei bod hi wedi newid yn fawr.'

Camddeallodd Shamus y sylw, ''Di newid i fod yn bach ma' fo, Bos. Ma' fo'n tenau rŵan, fath â *dip-stick*. A dim *wrinkles* hyd fo. Neis, cofia.'

'Wel, ma'n dda gin i bod y Clwb Colli Pwysau wedi bod o ryw gymorth, ac mae o wedi codi arian da at y capel, mae'n rhaid cyfadda'.'

'A ma' mêt chdi, Jac, 'di enjoio'r peth.'

'Ydi, debyg,' ond yn anghymeradwyo achos y mwyniant hwnnw. Penderfynodd fynd â'r stori i gyfeiriad gwahanol. 'Mi rydach chi yma yn deulu mawr?'

'D'aru genod fi deud wrth plant bod nhw'n mynd i ca'l gweld 'Nain Mulligan', ia, yn 'i siwt pen-blwydd ac o'dd pawb isio dŵad,' ac roedd teulu'r Mulliganiaid wedi'u rhwymo wrth ei gilydd mor dynn ag unrhyw raff nionod. ''Ti'n nabod genod fi, Bos?' A dechreuodd y Tincer eu henwi fesul un ac un a phwyntio atynt â'i fys, ''Ti'n gweld hwnna hefo pram? Brady 'di fo, Bos.'

''Dw i'n 'i nabod hi. Hi sy'n y Tebot Pinc.'

''Di bod, ia? Daru fo ca'l babi dau d'wrnod cyn doe.'

'Tridiau'n ôl?' a rhyfeddu bod y babi druan yn cael owting mor fuan ond yn rhyfeddu fwy fyth, o gofio'i gefndir, ei fod o wedi landio mewn Cymdeithas Ddiwylliannol.

'A 'ti'n gweld hogan 'na sy' wrth polyn lamp hyfo pram dwbl?'

'M . . . ia.'

'Lally 'di fo, Bos.'

'O, ia.'

'Yn gwahanol i genod er'ill fi, ma' fo'n ca'l nhw fesul dau, ia? A boi o capal chdi sy' 'di saethu bob tro. Hogan da, Lally, Bos.'

'Bosib' iawn.'

''Ti'n nabod Nuala.' Daeth gwên o atgofion i wyneb y Tincer, 'Ti daru priodi fo, ia?'

'Ia,' a gollwng ochenaid ddistaw. Serch y blynyddoedd, 'doedd hunllefau'r briodas stormus honno, pan glymwyd

Nuala ac Elvis, Plas Coch, yng Nghapel y Cei, byth wedi gwisgo i ffwrdd yn llwyr.

'Ond 'dydw i ddim yn nabod y boi ifanc acw,' a chyfeiriodd y Gweinidog at fachgen hynod olygus, a threndi ryfeddol ei wisg, a safai yn agos i ddrws y festri.

'Elvis 'di hwnnw, Bos. Ma' fo yn capal chdi.'

'Na na. Y bachgen arall 'na. Gynnno fo fwstas tywyll, a . . . a gwallt fath â David Beckham. Ac ma' 'na ferch ifanc, tua'r un oed ag o, yn 'i gesail o.'

'O hwnna 'ti'n meddwl?' Ac aeth Shamus Mulligan ati'n syth i nyddu salm o foliant i'r gŵr ifanc hwnnw, 'Boi grêt, Bos. Pat. Pat O'Grady.'

'O.'

''Ti'n cofio Yncl Joe McLaverty, o Ballinaboy?'

'Ydw',' ond yn gofidio nad oedd wedi llwyddo i'w anghofio.

'Fo daru talu am y *knees up* hwnnw yn capal chdi adag y priodas.'

'Ia.'

'Ma' boi 'ti'n gweld yn fan'cw, yn rep i Yncl Joe McLaverty. A ma' fo wedi dŵad yma i gwerthu *Connemara Peat*.'

'Wela' i.'

'A ma' fo'n ca'l cysgu yn carafán hyfo fi a Kat'leen. Jyst am tipyn bach, ia? *Real gentleman*, Bos.'

'Dda clywad hynny,' ond yn atal rhag ychwanegu y byddai bachgen bonheddig felly yn unig iawn ym Mhen y Morfa ymhlith y Mulliganiaid. 'Gyda llaw, lle ma' Musus Mulligan?' holodd, wedi gweld gweddill y llwyth ond heb daro llygaid arni hi.

'Ma' fo'n fan'cw, Bos.'

'Yn ble?'

'Yn cesa'l boi *Connemara Peat*.'

'Be? Y ferch ifanc 'na?

'Ia, hon'na, Bos.'

'Mewn siwt bin streip, dywyll?' yn methu â chredu'i lygaid ei hun.

''Ti'n lecio fo, Bos?'

'Smart iawn.'

'Ma fo 'di' mynd yn *real beauty*, cofia. Ond pan cei di 'i gweld o heb 'i dillad ma' fo'n *stunner*, ia?'

Agorodd drysau'r festri a dechreuodd y Mulliganiaid wthio'u ffyrdd i mewn o flaen aelodau arferol Y Gymdeithas. Bu'r Gweinidog rhwng dau feddwl i ddod yno neu beidio, yn ofni pa anweddustra roedd Cecil Siswrn wedi'i drefnu i agor Cymdeithas Ddiwylliannol Capel y Cei a'r Capel Sinc am dymor y gaeaf, ond yn dra diolchgar fod Ceinwen, hanner awr ynghynt, wedi troi yn ei charn a phenderfynu aros gartref.

*   *   *

Cyn gynted ag y rhoddodd ei drwyn i mewn drwy ddrws y festri ciciodd Eilir ei hun am na fyddai yntau wedi aros gartref, yn gwmni i Ceinwen. Gyda'i duedd i droi popeth yn ddrama roedd Cecil wedi ceisio consurio awyrgylch clwb nos yn festri lom Capel y Cei ond heb ormod llwyddiant. Roedd yna lwybr cath o garped coch wedi'i osod o naill adain y llwyfan i'r llall, i'r merched colli pwysau gerdded drosto mae'n debyg, a blacowt dros bob ffenest – serch ei bod hi'n dal yn olau o'r tu allan. Adnoddau goleuo hynod o dlawd a oedd i lwyfan festri Capel y Cei: rhes o lampau nerth ychydig ganhwyllau, yn codi a diffodd gyda'i gilydd, ac un sbot o olau teithiol yn gylch na ellid na newid ei seis na'i siâp. (Gan fod y pwyso a'r mesur drosodd gwaith Jac, ar y noson, oedd codi a gostwng y mymryn golau, gyrru'r sbot teithiol ar ei daith a lefelu'r sain yn ôl y galw.) Os oedd yr adnoddau goleuo'n brin, roedd yr offer sain yn dlotach fyth: un meicroffon oriog ac eithriadol gryglyd a system sain hynod hynafol a barai i'r lleisiau fynd a dŵad fel sŵn rhywun yn llifio bonyn coeden hefo lli draws.

Ond roedd y festri, am unwaith, yn rhwydd lawn; y Mulliganiaid yn un dyrfa liwgar, frochus un ochr i'r llwybr a'r ffyddloniaid arferol yn griw llai, pryderus yr olwg, yr ochr arall i Fur Berlin. Roedd John Wyn yn ei waith yn ceisio cadw trefn ar y plant. Naill eu hanner yn mynnu saethu tsipins gyda sling lastig i gyfeiriad yr aelodau, gan glwyfo amryw, a'r hanner arall gyda gynnau dŵr wedi'u llenwi'n barod yn rhoi trochfa iawn i blant y capel nes bod rhai ohonynt yn wlyb at eu crwyn.

Ar eu ffordd i mewn roedd pob aelod o'r gynulleidfa wedi'i orfodi i brynu rhaglen gostus, sgleinllyd. Roedd honno'n cynnwys lluniau'r merched, eu pwysau a'u mesuriadau cyn ac wedi'r Pilates, gair sathredig ei arddull gan Cecil yn egluro mai uchder y gymeradwyaeth ar y clapomedr (a wyddai neb o ble cafodd y Siswrn fenthyg y peiriant hwnnw) a benderfynai'r ornest ar y noson a nodyn yn egluro mai'r wobr i'r enillydd ffodus fyddai tanysgrifiad i'r *Goleuad* am hanner blwyddyn. Hefyd, roedd yna air o ddiolchgarwch i'r gwahanol fusnesion lleol a noddai'r cystadleuwyr a brawddeg i egluro y byddai cydnabyddiaeth o hynny ar y crysau Ti a wisgid ganddynt.

Cecil ei hun oedd yr impresario, mewn blesar lliw melyn, chwydlyd, a thei-bô aml-liwiau gyda goleuadau'n wincian ar ei ddau bigyn.

'*Ladies and Gentlemen*, Musus Anemone Howarth!' cyhoeddodd Cecil, â'i geg yn rhy agos i'r meic. Cerddodd Anemone yn dindrwm ar hyd y llwybr cath, fel iâr alarch yn cerdded drwy dywod. Y gerddoriaeth a ddewisodd Jac ar ei chyfer hi oedd *Bugail Aberdyfi* a bu'r bugail hwnnw'n mynd a dŵad, am amser maith, yn chwilio am ei wraig ar fynydd Aberdyfi. O'r herwydd, cafodd pawb o'r gynulleidfa ddigon o gyfle i ddarllen yr hysbysebion ar grys a throwsus Anemone – 'William Howarth, Ymgymerwr' ar ei dwyfron a 'Dim Llosgi' ar ei phen ôl. Ond tenau fu'r gymeradwyaeth iddi a phrin godi o'i wely fu hanes bys y clapomedr.

'Thenciw, *ladies and gentlemen*. Ein cystadleuydd nesa' – *and* sgiws *my S4C Welsh* – Musus Freda Phillips.' A cherddodd gwraig Plas Coch ar draws y gang planc i gyfeiliant *Bob the Builder* – cyfeiliant digon addas o gofio gwaith ei gŵr – yn hysbysebu sment o Blas Coch yn y ffrynt a brics o Blas Coch yn y cefn. Ni allai Eilir lai na sylwi fel roedd y siâp a roddodd yr '*Holy One*' iddi, chwedl Cecil, wedi'i wyrdroi'n llwyr; bol a dim cefn a oedd ganddi gynt, cefn a dim bol oedd y broblem bellach – y fanana wedi'i throi drosodd. Cafodd deilyngach cymeradwyaeth na gwraig Howarth ond aros tua'r codiad haul fu hanes bys y clapomedr.

Cafodd Meri Morris, Llawr Dyrnu, fwy o gymeradwyaeth na'r ddwy arall gyda'i gilydd – roedd hyd yn oed y Mulliganiaid yn gwsmeriaid llefrith iddi. Rowliodd Meri ei ffordd yn ôl a blaen ar hyd y llwybr, ond yn amlwg heb golli owns, yn hysbysebu hufen dwbl ar ei dwyfron a llun pot iogyrt ar ei phen ôl. Y gerddoriaeth iddi hi, am ryw reswm, oedd 'Merch y Pysgotwr' – serch mai ffarmwr oedd ei thad, ond bu Meri'n cerdded yn y tywyllwch am rai munudau wrth i Jac faglu gyda'r switshis. Pan ddychwelodd y golau, gofidiai Eilir na fyddai hi wedi gwisgo trowsus cwta fel pob cystadleuydd arall yn hytrach na stwffio godreon y crys T i'w blwmer.

Gwraig Shamus oedd yr olaf i gael ei galw i'r llwyfan a hi dorrodd y banc ar y noson. Croesodd y lôn goch yn ôl a blaen mor synhwyrus feistrolgar a phetai hi'n fodel broffesiynol: ei chorff yn swingio i rythm y gerddoriaeth – *Any Old Iron* – a hithau'n pawennu'i ffordd mor osgeiddig â chath ifanc yn cerdded brig to, a'r clustlysau hirion, trymion a wisgai yn dawnsio'r tango gylch ei gwddw. Edrychai genhedlaeth yn ieuengach na'i merched a'i chroen lliw coffi llefrith yn sgleinio wrth iddi gael ei dal yn y cylch o olau, drachefn a thrachefn. O'i blaen hysbysai '*McLaverty Special Connemara Peat. It will Spread* ac o'r tu ôl iddi roedd y geiriau '*Mulligan's Tarmac. It Will Stick*'.

Roedd pob copa o'r Mulliganiaid – bach a mawr, ifanc a hŷn – ar eu traed yn cymeradwyo'i hochr hi. Ni allai Eilir lai na pheidio â sylwi ar blant bychain, ychydig fisoedd oed, gyda photel a theth arni yn un llaw a chlwt budr yn y llaw arall, yn chwifio'i hochr hi wedi deall, mewn rhyw ffordd gyfrin, fod 'Nain Mulligan' i gael ei hanrhydeddu. Rhyfeddodd at frwdfrydedd y gŵr ifanc o Ballinaboy – y cysgwr yn y garafán – a maint ei gymeradwyaeth iddi er nad oedd, hyd y gwyddai Eilir, yn perthyn dim dafn o waed i'r tylwyth. Aeth y clapomedr yn byrsyrc a rowndio wyneb y cloc sawl gwaith drosodd.

Wedi i'r llawenhau waelodi, daeth Cecil yn ôl i'r llwyfan, gyda math o hambwrdd wrth linyn o amgylch ei wddw ac ar hwnnw glamp o rosyn papur, un gwyn, ac amlen – yn cynnwys, mae'n debyg, danysgrifiad am y *Goleuad*. *'If Musus Mulligan will step forward.* Ac os daw fy Ngw'nidog annw'l i 'mlaen.'

'Y?' a chafodd y Gweinidog sioc heb ei disgwyl.

'To do the honours.'

Pan oedd y Gweinidog yn stryffaglio i binio y rhosyn papur ar fynwes Kathleen Mulligan a'r bryn a aeth yn bant yn gwneud y gwaith yn un anodd, pwy ymddangosodd yn y drws, yng nghefn y festri, ond y Tad Finnigan, yn biws ei wyneb gan faint ei gynddaredd. Trodd un o'r Mulliganiaid bach ei ben, a gweld yr un y dysgwyd iddo ei fod yn llaw dde i'r Hollalluog yn syllu arno, a chafodd fraw. Synhwyrodd y gweddill fod yr awyrgylch trydanol yn graddol oeri a throi'u pennau. Aeth hyd yn oed y babanod yn dawel; tawelwch sinistr fel yr un a ddaw dros gôr y wig pan fydd storm o fellt a tharanau ar dorri.

Heb hyd yn oed oedi i ddal llygaid ei gilydd, cododd y Mulliganiaid o'u seddau a cherdded allan o'r festri, yn ddefosiynol, fesul un ac un. Disgynnodd Kathleen Mulligan, hithau, o'r llwyfan – cyn derbyn yr amlen a heb oedi i gasglu'i dillad – a'u dilyn, a'r rhosyn papur yn hongian yn llipa wrth fraich pin dwbl na lwyddodd y Gweinidog i'w gau.

Pan oedd hi'n mynd heibio i'r Tad Finnigan rhoes Kathleen hanner cyrtsi iddo a chynnig hanner esgus, a gwneud hynny yn acen dew gwlad Connemara, *'I only came to de' house of God, Fat'er.'*

'T'is is no House of God, Kat'leen, a'r acen Wyddelig yr un

mor drwchus, '*It's a Welsh chapel. An' sure to God, ye know it's tombola night.*'

*   *   *

Bythefnos yn ddiweddarach, daeth y Gweinidog ar draws Shamus Mulligan yn eistedd ar garreg ym mhen draw'r Cei yn craffu allan i'r môr, i gyfeiriad Werddon. Yr het felfaréd yn ôl ymhell iawn ar ei war a'r ddau alsesian, Sonny a Liston, yn eistedd o bobtu iddo yn edrych mor farw lonydd â dau gi tseina.

'Pnawn da, Shamus!'

Trodd y Tincer ei ben yn ddifywyd i weld pwy a oedd yn ei gyfarch ac yna trodd ei ben yn ôl i wynebu'r tonnau a rhythu'n wag i'r un gorwel.

'Sut ma' pethau?'

'O dim yn da, Bos,' a'r brwdfrydedd arferol wedi diflannu o'i lais.

'Ceffyl arall wedi mynd ar 'i bennau gliniau?' awgrymodd y Gweinidog, rhwng difri a chwarae, gan ddyfynnu Shamus ei hun mwy neu lai, a chan wybod mai dyna, yn arferol, a achosai y gofid pennaf i'r Tincer.

'Mwy giami na hynny, Bos bach.'

'O?'

'Ma' fo 'di fflio, cofia.'

'Deryn?' Hobi ysol Shamus Mulligan oedd magu, cadw a dangos adar dof a gwyddai Eilir fod ganddo gytiad lliwgar ryfeddol ohonynt ar bwys y garafán ym Mhen y Morfa.

'Dim deryn, Bos.'

'O!'

'Gwraig fi.'

'Ble'r aeth hi'r tro yma?' holodd y Gweinidog wedyn, yn dal yn ddall i arwyddion yr amserau, 'Benidorm, Costa del Sol, Gambia?', ac yn gwybod am arfer Kathleen o fynd dramor, yn achlysurol, gyda rhai o'i merched, am dipyn o sbloet a mymryn o newid.

Trodd y Tincer i wynebu'r Gweinidog a dechrau agor ei galon iddo, 'Nid 'di mynd am *knees-up* ma' fo, cofia.'

'O?'

'Ma' fo 'di mynd *for good*, ia?'

'Be'?'

''Ti'n cofio boi *Connemara Peat*?'

'Pat, rwbath ne'i gilydd?'

'Boi giami, Bos. Ma' fo 'di mynd yn dôl i Ballinaboy, a ma' fo 'di mynd â gwraig Shamus yn 'i cesa'l.'

O glywed hyn, sobrodd y Gweinidog. Os bu Deian a Loli erioed, Shamus a'i wraig oedd y rheini. Roedd Yncl Jo MacLaverty wedi'i dewis hi gyda chrib mân, flynyddoedd yn ôl, a'i hanfon hi dros Fôr Iwerddon – gyda thocyn unffordd – i fod yn wraig i'w nai, a bu hithau'n wraig warcheidiol a ffrwythlon ryfeddol iddo. Ac roedd yna ystyriaethau eraill, hefyd.

'Ond, Shamus, ma' hi flynyddoedd yn hŷn nag o?'

'Gwirion hen ma' fo, ia?' a chyfeirio at ei wraig.

'Wel, ma'n ddrwg calon gin i glywad am hyn. Collad enbyd i chi, ac i'r teulu i gyd.'

'Ac ar capal chdi, Bos, ma' bai,' ac aeth Shamus fymryn yn ffyrnig.

'Bai ar y capal? Sut hynny?'

'Ac ar dyn 'na fath â dynas.'

'Cecil?'

'Pan o'dd o' tew,' a chyfeirio at ei wraig, unwaith eto, 'o'dd neb isio fo ac oedd Shamus yn 'i ca'l o i fo'i hun. Ond pan aeth o'n tenau, yn capal chdi, ma'pawb isio snog hyfo fo.'

'Ond chi, Shamus,' plediodd y Gweinidog, 'ddaru ofyn am iddi hi ga'l perthyn i'r Clwb.'

Lliniarodd y Tincer beth, ''T'in iawn yn fan'na, Bos. Isio cicio tin fi, bob cam i Donegal.'

'A pheth arall, 'doedd y Tad Finnigan ddim o blaid y peth yn y dechrau.'

'Boi da, Bos.'

'Y?' a chafodd y Gweinidog ei ddal am foment wrth glywed Shamus Mulligan yn moli'r un y byddai'n ei felltithio ar bob sgwrs. Cywirodd ei hun, 'Ydi, wrth gwrs. Un cywir iawn ydi'r Tad Finnigan. Ma' Jim a finnau'n ffrindiau agos ers blynyddoedd.'

''Na ti foi sy'n medru dal 'i lysh, Bos,' a rhoi rhagor o fawl eto i'w Offeiriad.

'M.' Ond heb ddatgan barn ac wedi clywed hynny ganwaith o'r blaen.

''Ti'n gw'bod be', Bos?'

'Ia?'

'Ma' fo am fynd bob cam i Ballinaboy, i gofyn i Yncl Jo McLaverty roi cic yn tin gwraig fi, a gyrru fo yn dôl at Shamus.'

'Chwarae teg i'r Tad Finnigan,' ebe'r Gweinidog. 'Mynd yr ail filltir, milltiroedd lawar wir.' Ond heb sylwedoli fod yna fwy i'r stori na hynny.

'A ma' fo am dŵad â syplei o *pocheen* Yncl Jo yn dôl hyfo fo.'

''S'gin i ond gobeithio y daw o, o leia', â Musus Mulligan yn ôl hefo fo.'

'Shamus yn lecio'r llall hyfyd, cofia,' a gwenu am y waith gyntaf y pnawn hwnnw.

'Wn i,' gan gofio mai'r *pocheen* marwol hwnnw a ddaeth McLaverty i'w ganlyn ar gyfer neithior priodas Nuala ac Elvis, Plas Coch, a fwriodd amryw o'r gwesteion ar eu cefnau.

Cododd Shamus ar ei draed yn ymddangos yn ddyn newydd a chododd y ddau gi o'u gorwedd yr un eiliad yn union. 'Diolch yn fawr i ti, Bos,' ac ysgwyd llaw y Gweinidog mor gynnes â phetai o newydd glensio contract i darmacio. ''Na' i cofio am crêt i ti, ia, pan daw Tad Finnigan yn dôl.'

Wrth gerdded ymlaen i gyfeiriad yr Harbwr ni allai Eilir lai na dotio at ffydd seml Shamus Mulligan yn y natur ddynol. Gwyddai fod 'ehediad' Kathleen i gorsydd Connemara, a hynny hefo ceiliog llawer ieuengach, yn ergyd i falchder

Shamus ond gwyddai, hefyd, y byddai arhosiad parhaol ar ei rhan yn chwalfa i'r llwyth cyfan. Hi oedd yr echel ac o'i chwmpas hi roedd bywyd yr holl Fulliganiaid yn troi. Hwyrach mai wedi gwirioni'i phen dros brynhawn roedd hi, hefo cariadlanc ifanc, ac wedi i awelon oerion corsydd Connemara ei sobri y byddai hi'n dychwelyd rhag blaen. Ond, os oedd yna un dyn o dan wyneb haul y greadigaeth a fedrai gael Kathleen Mulligan o'r wlad bell, y Tad Finnigan oedd hwnnw.

*   *   *

Fis yn ddiweddarach y dychwelodd Kathleen Mulligan i Borth yr Aur, yn sedd ffrynt gyfyng *Volkswagen Beetle* lliw coch y Tad Finnigan, wedi ennill cryn dipyn o bwysau a'i phengliniau, o'r herwydd, yn agos iawn i'w gên. I droi stori'n delyneg, roedd Eilir yn digwydd bod yn cerdded y Stryd Fawr pan ddaeth y modur i'w gyfarfod. Ar ben y car roedd yna gasgen foldew wedi'i rhaffu – y *pocheen* meddwol hwnnw, mae'n debyg, a fragai Yncl Jo McLaverty yng nghorsydd mawn Connemara.

Canodd y Tad Finnigan gorn y car, fel petai hi'n briodas, i arwyddo bod y wraig afradlon yn dychwelyd. Ni allai Eilir lai nag eiddigeddu wrth raslonrwydd y Tad Finnigan; edrych allan o bellter a wnaeth y 'tad' yn Nameg y Mab Afradlon, a llawenhau wedi i'r 'mab' ddod at y llidiart, ond fe aeth Offeiriad Porth yr Aur bob cam i'r wlad bell i chwilio am yr afradlon a dod â diod ar gyfer y swper yn ôl gydag o. Byddai, mi fyddai yna lawenhau ym Mhen y Morfa y noson honno – llo pasgedig wedi'i ladd a chryn 'sŵn cerddoriaeth a dawnsio'.

Wrth i'r car fynd heibio taflodd y Gweinidog ei olwg i gyfeiriad y sedd gefn, un fwy cyfyng fyth, ac yno, wedi'i wasgu'n sandwitsh rhwng dau gês, roedd cynrychiolydd y *Connemara Peat*. Dyna fo, 'dydi pob telyneg ddim yn diweddu mewn cynghanedd.

3. *SUL Y MAER*

'Gym'wch chi swig o'r llaeth gafr 'ma?' gofynnodd Fred Phillips i'r Gweinidog, fymryn bach yn dew ei dafod, gan ddal potel dri chwarter gwag i'w gyfeiriad gerfydd ei gwddw.

Aeth Freda, ei wraig, yn gandryll. Sgriwiodd ei cheg yn wasier gron a phoeri'r geiriau allan fesul gair, 'Twdls, cariad, ble ma'ch manyrs chi? Ma' gin y peth enw! *Asti Spumanti*. Ac nid o bwrs gafr ma' peth felly'n dŵad. Gwaetha'r modd!'

''Ddrwg gin i, Blodyn.' Ac er mawr ddifyrrwch i drigolion Porth yr Aur fel 'Twdls' a 'Blodyn' y cyfeiriai gŵr a gwraig Plas Coch at ei gilydd, yn ddirgel ac ar goedd.

'Heblaw dŵr potal gym'ith Mistyr Thomas ni, fel arfar.' Trodd i gyfarch ei Gweinidog yn fêl i gyd, 'Be' fydd o, Mistyr Thomas, cariad? Dŵr sy'n ddim ond dŵr, 'ta dŵr hefo mymryn o bep yn'o fo?'

'Gyma' i lasiad bach o'r peth plaen 'ta, gan ych bod chi mor garedig â rhoi'r dewis i mi. Cofiwch, mi 'neith dŵr tap y tro'n iawn,' a cheisio ymarfer gostyngeiddrwydd gweinidog.

'Dŵr Cymru?' ebe hithau, mewn syndod. 'Ych â fi. F'aswn i ddim yn rhoi hwnnw i flodau plastig, heb sôn am flodau go iawn, 'cofn iddyn nhw wywo.'

'Teimlo y bydda' innau ,' ebe Hopkins y Banc yn rhoi'i big i mewn, 'bod Dŵr Cymru yn codi gwynt ar rywun. Well gin i hwn, Mistyr Thomas,' a dal glasiad o rywbeth brown, ffrothlyd yr olwg, rhyngddo a'r golau, 'mewn cymedroldeb, wrth gwrs. Mi wyddoch o ble ma' peth fel hyn wedi dŵad. Ac wedi'i yfad o, mi wyddoch i ble byddwch chi'n gorfod mynd.'

Barn trigolion Porth yr Aur oedd na allai 'Ffrîd Plas Coch' agor tap dŵr oer heb sôn am dorri pen wy. Bwydydd oerion, bys a bawd, o gownter *delicatessen* Siop Glywsoch Chi Hon a geid yno, bob pryd, a phob un i bigo yn ôl ei ffansi neu lwgu, ac wedyn diodydd parod o ganiau neu o boteli i yrru'r tameidiau briw i lawr y lôn goch.

Sylweddolodd Eilir wrth agor y llidiart ac edrych i fyny'r dreif tarmac a arweiniai at Blas Coch iddo gamamseru pethau'n drybeilig. Yn llewyrch y lamp ddiogelwch gwelai gasgliad o geir, chwaethus yr olwg, wedi'u stablu'n drefnus o bobtu porth y Plas. Roedd yno barti felly. Ciciodd ei hun am na fyddai wedi gwrando ar y synnwyr gwraig hwnnw a berthynai i Ceinwen ac wedi oedi'r ymweliad.

'I be' ar wynab daear Duw yr ei di yno heno, o bob noson?'

'Pam?'

'A hithau'n nos Wenar.'

'Nos Wenar ydi nos Wenar.'

'Nos Wenar, medda' nhw, ydi noson boddi'r cynhaea' ym Mhlas Coch ac mi fyddi di fel sgodyn allan o ddŵr mewn lle felly. Ac nid dŵr, chwaith, yn hollol.'

'Ond 'dydi Freda wedi fy ffonio i. Gofyn a' i yno, fel matar o frys.'

'O!'

'Ma' nhw am ga'l gair hefo mi, medda' hi, yn gyfrinachol.'

'Ond, Eil bach, ma' dy' Llun heb 'i ddechrau.'

'Wn i hynny, Ceinwen. Ond mynd heno sy' orau i mi a cha'l y peth drosodd.'

'Chdi sy' i benderfynu. Ond paid â dŵad yn ôl ata' i os byddi di wedi maeddu dy glwt.'

Oherwydd ei ddiddordeb ysol yng ngheir pobl eraill, sylweddolodd Eilir ei fod yn nabod amryw o'r cerbydau a oedd wedi cyrraedd yno o'i flaen: *Saab* 9-3 to clwt Huw Ambrose, y deintydd; *Audi* A6, lliw arian, Hopkins y Banc; *Jaguar XJ*8, MacDougall, perchennog y 'Fleece', heb sôn am *Daimler* coch, dim gwaeth na newydd, Phillips ei hun a'r *Jeep Cherokee* 2.5 a ddefnyddiai ar gyfer ei waith pob dydd. Yr eithriadau oedd *Escort* hynafol John James, ffyrm *James James, James John James a'i Fab, Cyfreithwyr* – un na chredai mewn gwario'i arian ar oferedd – a'r lori tynnu rhai allan o drybini â chraen ar ei thrwmbal a berthynai i Garej Glanwern. Roedd hi'n amlwg, felly, fod Clifford Williams – Cliff Pwmp fel y'i gelwid – hefyd yn y cwmni. Parciodd y Gweinidog y *Mondeo* ail-law ychydig i'r chwith oddi wrth y gweddill.

Daeth Freda, eilwaith, at y Gweinidog a gofyn yn glên iddo, 'Be' fydd hi tro yma, Mistyr Thomas, fel afftyrs? *Crème Bruleé* 'ta *Death by Chocolate*? Ne', gym'wch chi dipyn bach o'r ddau?'

'Fentra' i'r tama'd lleia' o'r *Death by Chocolate*. Haws i mi ddeud 'i enw fo, ylwch.' Ond welodd Freda mo'r digrifwch.

'Dyna chi 'ta. Chi, cariad, sy'n gw'bod be' ydach chi'n lecio,' ac aeth Freda ymlaen ar ei thaith hwrjio, amgylch-ogylch y cadeiriau, yn cario hambwrdd o'i blaen ac arno ddewis o bwdinau parod mewn dysglau papur.

Wedi plannu'i lwy i eigion y pwdin soeglyd a blasu cegaid, edrychodd Eilir o'i gwmpas a chael yr argraff ei fod mewn tŷ galar yn hytrach na thŷ gwledd ac yntau heb ystyried hynny. Cafodd fraw. Erbyn meddwl, roedd pawb a oedd yno mewn du trwm; gwraig y tŷ, Freda, mewn gwregys o ffrog, annuwiol o gynnil mae'n wir, ond un ddu ei lliw a thei du gan bob un o'r dynion.

Ceisiodd wneud iawn am fod â'i feddwl ymhell, 'Ma'n ddrwg gin i, ffrindiau, ond dim ond rŵan 'dw i wedi sylweddoli. Mae hi'n amlwg i mi eich bod chi mewn profedigaeth, a finnau heb . . . '

Chwythodd Fred Phillips gegaid o'r *Asti Spumanti* allan drwy'i drwyn nes gwlychu amryw a dechrau pesychu'n wynebbiws. Aeth yn chwysfa ar y gweddill. Llaciodd Hopkins goler ei grys, i gael ei wynt. Cododd o'i gadair a mynd at y drws i chwilio am awyr iach.

Clifford Williams, chwarae teg iddo, a ddaeth â'r Gweinidog allan o'i gaethgyfle – wedi'r cwbl, yn Garej Glanwern y byddai Eilir yn prynu diesel i'r *Mondeo*. Cododd Cliff Pwmp un goes i'w drowsus, at y pen-glin, i awgrymu'n wahanol, ac i roi'r neges i'w Weinidog mai tamaid i aros pryd oedd hwn cyn symud ymlaen i ginio'r lodj yn hwyrach ar y noson. Nodiodd y Gweinidog ei ddealltwriaeth a daeth pawb yn ôl at eu coed: cymrodd Fred Phillips wydryn glân a thywallt crogiad arall iddo'i hun i ddod dros ei gaethder; llithrodd Hopkins yn ôl i'w gadair a thynhau'i goler.

Nodiodd Freda i gyfeiriad ei gŵr i awgrymu'i bod hi'n bryd iddo gymryd yr awenau ac agor y drafodaeth gyfrinachol. Camddeallodd Fred y signal; edrychodd i lawr i gyfeiriad ei drowsus rhag ofn bod yna sip wedi agor wrth iddo besychu.

Wedi ysgwyd ei phen mewn anobaith, rhoddodd Ffrîd gryfach signal. Gwnaeth siâp y gair 'capal' â'i gweflau ond heb ei yngan. Derbyniodd Fred y neges yn glir ac aeth ati i ufuddhau i'r gorchymyn. Ond un a gredai mewn oelio ychydig cyn troi sgriw oedd gŵr Plas Coch.

'Mi rydach chi wedi bod yma hefo ni ar yr aelwyd, Mistyr Thomas, ar fwy nag un achlysur hapus.'

'Do,' a chofio sawl achlysur anhapus, fel ei ymweliad olaf. Y tro hwnnw, a hwythau'n hamddena ar y patio, fe neidiodd ci Plas Coch – bleiddgi Gwyddelig, cwbl ddireol – yn syth o'r pwll nofio a landio ar lin y Gweinidog gan ei wlychu at ei groen a pheri i'r gadair haul yr eisteddai arni chwalu'n briciau oddi tano. A dweud y gwir, 'doedd ei glun chwith byth wedi dod ati'i hun serch bod chwe mis neu well er hynny.

'Ac wedi mwynhau'n . . . yn . . . m . . . yn bethma ni.'

'Lletygarwch,' promtiodd hithau. Gair a glywodd yn ysgol Sul y Capel Sinc pan oedd hi'n blentyn.

'Diolch, Blodyn. Y peth 'garwch' 'na oedd gin i mewn golwg.' Ac aeth Fred yn atgofus, braidd, 'Gin i go' da amdanoch chi yma hefo ni, ar bnawn o ha, wrth y pwll ymdrochi s'gynnon ni, yn sglaffio y fola . . . m . . . y fola-gwynt rheini.'

'*Vol-au-vent*, Twdls. Dyna'r enw! A dowch at y pwynt, 'da chi.'

'Wel i dorri stori hir yn fyr, Mistyr Thomas, anrhydadd arall sy' wedi dŵad i ran Ffrîd, y . . . Musus Phillips felly, a finnau.'

'O?'

'Anrhydadd fawr,' ebe Hopkins, yn neidio'r gwn.

'Ia, anrhydadd fawr iawn,' eiliodd Huw Ambrose, y deintydd, 'ond un gwbl haeddiannol wrth gwrs.'

'Fel ma' fy 'mrodyr' i'n gw'bod,' a chyfeirio â'i law at y dynion a eisteddai wrth ei draed, 'ma' Ffrîd 'ma a finnau, y . . . Musus Phillips felly, wedi'n hethol yn Faer a Maeres Porth yr Aur am y flwyddyn sy'n dŵad.'

'A hynny am y tryddydd tro,' eglurodd John James, wedi gwneud ymchwil ofalus. 'Ac fel un o blant y dre, fel Mistyr a Musus Phillips o ran hynny, mi fedra' innau gadarnhau nad oes yna fawr o neb arall wedi ca'l braint debyg.'

'Wel, llongyfarchiadau i chi'ch dau,' ebe'r Gweinidog ond yn gwybod, o fan arall, mai prin oedd y dewis ac mai pleidlais fwrw y Maer presennol a drodd y fantol ar yr unfed awr ar ddeg, ac mai prinnach fyth na hynny oedd diddordeb trigolion Porth yr Aur mewn cyngor tref nad oedd iddo na dannedd na dylanwad.

'Ac i feddwl o ble cododd y ddau,' meddai Clifford Williams, wedyn, yn bwriadu rhoi pluen yn hetiau'r ddau ond yn gwneud hynny o chwith. 'Fred wedi'i fagu yn rhes dai Llanw'r Môr pan oedd pethau'n wirioneddol dlawd. Y môr oedd yr unig doilet oedd gynnyn nhw. Sawl gwaith y gwel'is i Fred yn dŵad i'r ysgol yn 'lyb at 'i groen; llanw wedi dŵad i mewn a fynta' ar ganol ca'l 'i weithio.'

''Doedd hynny ddim yn hollol wir,' cywirodd Fred Phillips, yn teimlo fod Cliff yn ei iselhau'n eithafol. 'Mi fydda' gin Nain bwcad bob amsar yn parlwr yn barod ar gyfar llanw uchal.'

Anwybyddodd Cliff y cywiriad a mynd ati i roi'i phedigri i Freda Phillips, 'Ac ma' Ffrîd 'ma wedi codi o ben toman is wedyn am wn i, os ydi peth felly'n bosib'. 'Dw i'n cofio'i mam hi'n deud wrth mam y bydda' un wy iâr yn g'neud rhwng tri ohonyn nhw.' (A daeth i feddwl Eilir y dylai'r iâr honno fod wedi cael o leiaf *O.B.E.*, os nad ei derbyn i'r Orsedd, am ei chyfraniad i gymdeithas).

Seriodd Freda bâr o lygaid, â blew plastig ar eu hamrannau, ar Cliff Pwmp i awgrymu na fyddai'n goddef iddo ei dinoethi ymhellach. Gwelodd Cliff y perygl a cheisiodd drwsio'r bont, 'Wrth gwrs, mi wellodd pethau'n arw pan gafodd Ffrîd job yn Wlwyrth. 'Dydi'r ddau wedi dŵad yn 'u blaenau, deudwch?'

Wedi gorfod gwrando am hir amser ar eraill o'r 'brodyr' yn olrhain ei ddyrchafiad meteorig o fagwraeth ddi-doiled yn Llanw'r Môr i fod yn Faer y dref, a hynny deirgwaith drosodd, cafodd Fred gyfle i fynd â'i faen i'r wal.

''Dw i'n ddiolchgar iawn i fy 'mrodyr' am 'u dymuniadau da i ni ond wedi dŵad yma i drefnu Sul y Maer y ma'r Gweinidog.'

'Pa Sul oedd gynnoch chi mewn meddwl?' holodd y Gweinidog, heb wybod yn flaenorol pam roedd o wedi cael ei alw yno ond yn gweld nad oedd ganddo fawr o ddewis ond ufuddhau i'r cais.

'Y Sul cynta' yn Epril.'

'Ebrill!'

'Y?'

'Ebrill, Twdls! Dyna ydi enw'r mis yn Gymraeg.'

''Ddrwg gin i, Blodyn. Ro'n i'n gw'bod i fod o'n dechrau hefo 'e'. Sul cynta' o Ebrill amdani felly, Mistyr Thomas.'

''Dw i yn Lerpwl yn pregethu y Sul hwnnw, yn anffodus,'

esboniodd y Gweinidog, yn falch o roi sbrog yn olwyn y darpar-Faer.

'Be', os 'na gapeli mewn lle felly?' holodd Fred, fel petai Livingstone wedi hwylio i fyny'r Mersi yn hytrach na'r Sambisi.

'Wel, be' am yr ail Sul 'ta?' awgrymodd Freda, 'fydd hwnnw ddim yn rhy bell.'

Ymwingodd Fred Phillips fel petai mewn colig. Gwnaeth siâp pêl golff â'i geg.

'Dim yn dda ydach chi, Twdls?'

'Harlach,' sibrydodd.

'Ia. Yn ymyl Bermo ma' fan'no. Be' am Harlach?'

I roi cryfach signal cydiodd Fred Phillips mewn ffon golff ddychmygol a bygwth taro pêl, un yr un mor ddychmygol.

'O! Wela' i. At yr handicap 'dach chi'n cyfeirio? Capal sy'n dŵad gynta', Twdls. Mi ddylach chi w'bod hynny. Fedrwn ni chwarae golff bob Sul arall.'

Wedi cael cytundeb ar y dyddiad tebygol ac iddo roi addewid i'r Phillipiaid y byddai'n trafod y mater gyda'i Flaenoriaid cododd y Gweinidog i ymadael.

'Mae yna un peth bach arall, Mistyr Thomas, cariad,' meddai hithau, 'cyn bod ni'n colli'ch cwmni chi.'

'Ia?'

'Sut medra' i egluro? Ma'r capal, fel y gwyddoch chi yn well na neb, wedi mynd fymryn bach yn siabi. O'r tu mewn felly.'

'Wedi mynd yn siabi iawn,' cytunodd Hopkins.

'Isio llyfiad bach o baent sy', yma ac acw,' awgrymodd Cliff Pwmp, 'i sbriwsio dipyn ar y lle.'

'I feddwl fel y bydda'n tadau ni,' ebe'r Cyfreithiwr wedyn, yn ddefosiynol – ond heb weld tu mewn i Gapel y Cei ers blynyddoedd meithion – 'yn cadw'r lle fel pin mewn papur. Pob sêt wedi'i pholisio hefo cŵyr melyn ac yn sgleinio fel swllt.'

'Y seti, am wn i,' ychwanegodd Fred Phillips i yrru'r neges adref, 'sy'n edrach flera'. Ma' nhw wedi colli'u graen yn arw.

'Tasa posib' rhoi brwsiad bach o staen i'r rheini.'

'Ma' rhywun yn teimlo, Mistyr Thomas', meddai Hopkins wedyn yn gyrru'r gyllell i mewn at y carn, 'a maddeuwch i mi am ddeud hyn, fel dŵad yno mewn salach dillad, rhag ofn i rywun faeddu'i ddillad gorau 'te.'

'Meddwl roedd Fred a finnau,' ychwanegodd Freda yn mynd am y brif wythïen, 'y b'asa hi'n bosib' ffresio 'chydig ar y lle. 'Dydan ni ddim isio gweld y capal, y capal ma' gynnnon ni i gyd gymaint o feddwl ohono fo, yn mynd yn destun siarad, yn nagoes, Mistyr Thomas?'

'Peintiwch dŷ yr arglwydd, dyna ma'r Beibl yn 'i ddeud, ynte Mistyr Thomas?' eiliodd ei gŵr.

'Perchwch,' cywirodd y Gweinidog, wedi cael llond bol ar y crafu ac yn ymwybodol bod y 'brodyr' wedi peintio'r capel cyn iddo gyrraedd.

'Y?'

'Perchwch! Perchwch fy nhŷ i, dyna ma'r Ysgrythur yn ddeud.'

'Ro'n i'n meddwl ma' rwbath yn dechrau hefo 'p' oedd o.'

Wedi rhoi addewid i roi'r mater hwn, eto, gerbron y Sanhedrin – gan wybod y byddent yn debyg o'i ddarnio fel pac o lewod wedi disgyn ar ddarn o gig – hwyliodd y Gweinidog i ymadael.

Rhedodd Freda ar ei ôl gan gydio yn ei lawes a gwthio cwdyn plastig i'w hafflau, 'Dysgla'd bach o'r *Death by Chocolate* i'ch gwraig chi, Mistyr Thomas. 'Dydi hi'n ddigon o gariad. Ac i ymddiheuro'n bod ni wedi'ch cadw chi cyhyd. A chofiwch ni ati.'

'Ia wir,' ebe John James, yr hen lanc, 'cofiwch ni ati yn gynnas ryfeddol, yn gynnas ryfeddol.'

Wrth yrru'r car yn ôl i gyfeiriad y dref taflodd Eilir gip sydyn i gyfeiriad y cwdyn a eisteddai wrth ei ochr. Teimlodd fod y *Death by Chocolate* wedi cau un llygad ac yn gwgu'n fygythiol arno drwy'r plastig. Gwyddai y byddai Ceinwen yn gwgu fwy fyth arno pan adroddai'r hanes wrthi. Ond lladd â phluen oedd arfer Ceinwen – nid tagu neb â gormod o bwdin siocled.

*   *   *

'Ma'r seti 'ma yn cyfarth yn arw, ma'n rhaid cyfadda',' sylwodd William Howarth gan daflu llygad hamddenol dros y capel, 'a f'asa tun o staen ddim yn costio'r ddaear i ni. Ond gosodwch y gwaith allan i gontract ac ma' hi'n stori wahanol,' a dyn i dorri corneli oedd Howarth, mewn byd ac eglwys.

Roedd seddau Capel y Cei yn cyfarth, yn uchel. O edrych allan dros ganllaw y sêt fawr roedd yna sawl cylch o bren glân yn y golwg, yn arbennig lle'r arferai'r ffyddloniaid eistedd, a'u pen olau gwinglyd wedi gwisgo'r farnis i ffwrdd at y pren noeth wrth orfod gwrando ar ambell bregeth ddiflasach na'i gilydd.

Oedodd y Gweinidog a'r pum Blaenor yn y sêt fawr wedi oedfa'r bore i drafod ceisiadau teulu Plas Coch i gael cynnal Sul y Maer yng Nghapel y Cei ac i addurno ychydig ar yr adeilad erbyn y digwyddiad.

'F'asa dim posib' 'u golchi nhw hefo dipyn o baraffîn?' awgrymodd Ifan Jones, yr hen ffarmwr, wedi arfer â gofalu am y geiniog, 'mi welis i beth felly yn adfar graen coedyn yn arw iawn.'

Aeth Cecil i sterics glân, '*Farmer Jones, how could you*? Capal ydi hwn, cariad, nid *cowshed*. A sut oglau fasa ar ych *private parts* chi a finnau – *if you don't mind me saying so* – wedi i chi ista ar ych pen ôl, am awr, mewn *paraffîn*?'

'Mistar Thomas ofynnodd i ni ddeud'n barn,' ebe'r hen ŵr, wedi'i glwyfo ac yn swnio felly. Tynnodd ei ben yn ôl i'w blu wedi penderfynu nad agorai ei geg ymhellach y bore hwnnw.

''Dydi awgrym Ifan Jones ddim mor wirion ag mae o'n swnio,' meddai Meri Morris, yn awyddus i amddiffyn un o bobl y pridd, fel hithau, ac am fod yn ddarbodus fel arfer. 'F'asa hi ddim yn bosib' i ni sgwrio pob sêt, yn lân at y coedyn, hefo dipyn o ddŵr poeth a sebon? F'asa hynny'n rhatach na gwario ar baent.'

'B'asa,' eiliodd John Wyn, Ysgrifennydd tymhestlog Capel y Cei.

'Felly ro'n innau'n meddwl,' meddai Meri yn siriol, ac yn falch o gael cefnogaeth o le annisgwyl.

'Os dowch chi yma, Meri Morris, i 'neud y job! Achos ddo' i ddim.' Wedi'r fath gyfarthiad penderfynodd gwraig Llawr Dyrnu, hithau, ddilyn Ifan i'r siambr sorri a bod yn dawedog ar y mater.

Y gwir amdani oedd fod yna wrthwynebiad cryf yn rheng y Blaenoriaid i roi dim yn ffordd teulu Plas Coch. Wedi dychwelyd yn ôl i Gapel y Cei roedd Fred a Freda wedi stint yn Bethabara, y Capel Batus, ar ôl helynt y tarmacio o amgylch yr adeilad: y gontract – yn anffodus fel y troes pethau allan – wedi mynd i Shamus Mulligan yn hytrach nag i ffyrm fwy dibynadwy Fred Phillips a'i Feibion a'r tarmac hwnnw ddim wedi llawn g'ledu wedi pedair blynedd.

'Dowch, gyfeillion, fydd raid i ni benderfynu ar y matar. Os ydan ni am fywiogi dipyn ar yr adeilad, yna, mi fydd rhaid mynd at y gwaith rhag blaen er mwyn i'r lle ga'l cyfla i sychu cyn Sul y Maer. Ma' hwnnw cyn pen y mis. Mi drafodwn ni furiau'r adeilad i ddechrau. Ydan ni am liwio rheini, ne' beidio?'

'I be' ma' isio i ni ruthro i helpu teulu Plas Coch?' holodd yr Ysgrifennydd yn ffyrnig ac yn crwydro oddi wrth y pwnc o dan sylw. ''Dydi'r Fred Phillips 'na wedi addo dŵad acw ers blynyddoedd i roi llechan yn ôl ar y to i mi. Ma' Lisabeth, y wraig 'cw, a finnau yn gorfod cysgu dan ambarel ers misoedd, yn enwedig os bydd yna olwg am law, 'cofn i ni'n dau ga'l yn boddi a ninnau'n cysgu.' Gorlwytho'i frws paent oedd un arall o wendidau John Wyn.

Wedi hanner awr ddiflas o ddegymu 'mintys ac anis a chwmin' cytunwyd i adael y muriau fel ag yr oeddynt, am y tro, i arbed mynd i ormod o gostau.

'Dyna ni 'ta, mi awn ni ymlaen i drafod y seddau, cyn bydd

cinio pawb ohonon ni wedi hen oeri. Ga' i ryw gynnig, naill ffordd ne'r llall?'

Dyna'r foment y cydiodd Owen Gillespie, dduwiol, yn ei gap a chychwyn allan, 'Maddeuwch i mi, ffrindiau, eneidiau pobol sy'n bwysig i mi nid 'u pen olau nhw.'

Oerodd yr awyrgylch. Byth wedi'i dröedigaeth lachar o dan Weinidogaeth Byddin yr Iachawdwriaeth pan oedd yn brentis saer llongau yn Bootle, ychydig oedd diddordeb Gillespie mewn brics a mortar.

' "Sancteiddrwydd a wedda i'th Dŷ di", medda'r Beibl. Nid farnish!' A diflannodd Gillespie – i weddïo dros y sefyllfa, mae'n debyg, fel y gwnâi'n arferol.

Wedi eiliad neu ddau i'r llwch setlo, dechreuodd Howarth lefaru unwaith yn rhagor, 'Cynnig, fel yr awgrym'is i'n gynharach, bod y Gw'nidog yn prynu tun o farnish.'

'Y fi?'

'Ma' gynno fo fwy o hamddan na rhai ohonon ni i fynd o gwmpas y gwahanol siopau i weld lle ma'r fargan orau i' cha'l, ac i bwysleisio ma' achos crefydd ydan ni wedi'r cwbl. Dim ond iddo fo ddeud ma gw'nidog tlawd ydi o, yna, mi gawn ni ddiscownt o ddeg y cant yn y fan.'

Teimlodd y Gweinidog ei hun yn mynd yn chwilfriw ond ceisiodd gadw'i bwyll ac ymatal rhag chwalu'n grybibion, 'Y fi, i fynd o gwmpas siopau, i ddewis paent?'

'Farnish,' cywirodd Howarth.

'Farnish 'ta.'

Gwelodd Cecil y llin yn mygu a phenderfynodd daenu olew ar y dŵr yn ei ffordd ferchetaidd ei hun. Cydiodd yn llaw ei Weinidog a dweud yn dyner gan wasgu pob cytsain, 'Mistyr Thomas, siwgr, *you are the only one with the necesarry charm.* Mi faswn i yn rhoi farnish i *chi* am ddim, cariad, *if I could.*'

'Ond fedra' i ddim mynd rownd o siop i siop . . .'

'*Do it, dear,*' a rhoi gwasgiad ychwanegol i law y Gweinidog, *'for Cecil's sake.* Dyna hogyn mawr.'

Sylweddolodd y Gweinidog ei fod yn anifail wedi'i gornelu

a phenderfynodd na allai ond rhoi i mewn – ond nid heb gynnig cic. 'Dyna ni 'ta,' a thynnu'i law o law Cecil, 'mi 'na i hynny, am y tro. Ond 'dydw i ddim yn mynd i roi'r staen ar y seti'n ogystal. Cofiwch hynny.'

Bu munudau hir, wedyn, i geisio taro ar rywun o blith y Blaenoriaid a fyddai'n fodlon gwneud y gwaith yn wirfoddol ac arbed costau i'r capel. Ond dameg yr esgusodion oedd hi: un wedi 'prynu cae' ac am gael golwg arno, un arall wedi 'prynu pum pâr o ychen' ac am roi praw arnyn nhw, ac un arall wedi 'priodi gwraig' ac ni allai ddod. 'Doedd dim amdani, felly, ond mynd allan 'i strydoedd a heolydd y dref' at rai llai ffodus.

William Howarth, unwaith yn rhagor, a gafodd y weledigaeth, 'Hwyrach y b'asa Jac, Jac Black felly, yn g'neud y job i ni, 'tasa ni'n rhoi pres dio . . . y . . . pres bwyd iddo fo. Mae o'n ddigon segur ar hyn o bryd. 'Dydi'r mecryll ddim wedi dechrau cydio eto ac, yn anffodus, 'does gin innau ddim golwg am gnebrwn ar hyn o bryd.'

Hoffodd amryw yr awgrym, 'Syniad da . . . Syniad ardderchog . . . A fo 'di Gofalwr y capal beth bynnag . . . Dim ond gobethio y bydd o'n sobr 'te.'

'Ma' Jac,' eglurodd Howarth, 'yn ddi-fai peintar. Methu â sbelio ydi'i ddiffyg o,' gan ddwyn i gof fel bu rhaid i Jac ail lythrennu'r arwydd Saesneg ar fur y Porfeydd Gwelltog fwy nag unwaith.

'*You're telling me*, Mistyr Howarth bach,' ochneidiodd Cecil, cyd-berchennog y cartref preswyl, yn cofio i Jac gymysgu rhwng y *Jingle* a'r *Tingle Bells*. 'Mi fuo hi'n Santa Clôs a *merry Christmas* acw bob dydd am wsnosau, *and we couldn't afford it really.*'

'Dyna ni 'ta mi ofynnwn ni i Mistyr Black ymgymryd â'r gwaith.' Ond unwaith y dywedodd y Gweinidog hynny, dechreuodd y cwmni ystwyrian ac yna ymadael ar hast.

'Ond mi fydd raid i rywun ohonon ni drefnu hefo Mistyr Black . . .' Ond roedd pawb, ond un, wedi cyrraedd y drws allan ac roedd Howarth hanner ffordd i fyny'r llwybr.

'Fedrwch chi, Mistyr Thomas,' gwaeddodd yr Ymgymerwr, 'alw heibio iddo fo a mynd â'r tun farnish i'ch canlyn. Mi laddwn, felly, ddau dderyn hefo dim ond un ergyd. Bora da i chi rŵan.' A diflannodd yntau.

Wrth gerdded drwodd i'r festri i nôl ei gôt gwyddai Eilir ei fod wedi'i ddal, unwaith yn rhagor, â'i drowsus dros ei sgidiau. Ufuddhau oedd yr unig ddewis. Prynu tun o farnis i ddechrau ac yna troi braich stiff Jac Black wedi hynny i'w berswadio i'w daenu ar y seti.

*   *   *

Y bore Llun canlynol, pan gyrhaeddodd y Gweinidog y Stryd Fawr, roedd canol tref Porth yr Aur fel Picadili: lorïau a faniau tarmacio 'Shamus O'Flaherty Mulligan a'i Feibion' wedi tagu'r stryd o'r top i'r gwaelod a phob dihangfa wedi cau. Yn y pellter, gwelai y Cwnstabl Carrington, Llew Traed fel y'i hanwylid, yn ceisio creu gwyrth. Ond fel roedd Llew yn perswadio un gyrrwr diamynedd i fagio gam yn ôl deuai gyrrwr diamynedd arall gam ymlaen a rhoi hergwd front i'r llall yn ei gefn a chreu effaith domino gydol y stryd hir. Roedd yna ddeuawdau lawer o regfeydd hyll a chanu cyrn byddarol yn codi o bob cyfeiriad.

Yn y pellter, wrth yr adwy a arweiniai i dŷ'r Tad Finnigan, gwelodd y Gweinidog Shamus Mulligan ei hun, ei gôt felen pob tywydd yn llydan agored, yr het felfaréd yn ôl ar ei wegil a'i ddwylo'n ddwfn ym mhocedi ei ofarôl ac yn edrych fel petai'n mwynhau'r llanast.

Penderfynodd y Gweinidog sleifio'n dinfain o'r tu arall heibio i gyrraedd y siop baent nesaf a oedd ar ei restr. Ond roedd gan Mulligan lygad barcut.

''Ti'n iawn, Bos?' gwaeddodd, o'r palmant gyferbyn.

'Sudach chi, Shamus?'

Gan nad oedd dim traffig yn debyg o fedru symud am rai oriau, croesodd y Tincer tuag ato yn hamddenol a'i gyfarch wyneb yn wyneb, 'Neis gweld chdi, Bos.'

'Ma'r dre 'di cau, Shamus.'

'Dim ond am pnawn, ia.'

'Wel, gobeithio hynny wir.'

'Hogia' Shamus sy'n tarmacio dreif i Tad Finnigan.'

Cododd y Gweinidog ei olygon i weld amryw o feibion Shamus – Patrick, Michael, Eamon, Liam ac un neu ddau arall – yn tarmacio o gwmpas Tŷ'r Offeiriad: rhai yn rhawio tar poeth o gefn lori, eraill yn ei gribinio'n ofalus er mwyn cael trwch cyfartal, ac yna Elvis, ei fab yng nghyfraith, gŵr Nuala, yn gyrru rowler drom drosto i'w sarnu'n llyfn. Ynghanol y tarmac, yn bennoeth ac yn ei slipars, roedd y Tad Finnigan, yn cyfarwyddo'r gwaith ac yn cyfarth y gweithwyr.

'Shamus yn g'neud o ar y *cheap*, ia, wrth bo' Tad Finnigan 'di dŵad â gwraig fi'n dôl o Werddon. 'Ti'n cofio, Bos?'

'Ydw'.

'O'dd boi gwerthu mawn 'di cym'yd i benthyg o. Jyst am o'm bach, ia?'

'Oes ma' gin i frith go' am y peth,' ond yn cofio fel doe fel y bu i Kathleen Mulligan, wedi iddi golli pwysau a dod i well siâp, redeg ymaith i gorsydd Connemara gyda Pat O'Grady, hanner ei hoed hi, cynrychiolydd i'r *Jo MacLaverty Special Connemara Peat*. 'A sut ma' Musus Mulligan?' holodd, rhag ofn ei bod hi wedi ymfudo am yr eildro.

'Ma' fo'n tew yn dôl, Bos bach.'

'Ydi wir?'

''Ti 'di gweld o *recently*?'

'Naddo,'

'Heb dim amdano fo?'

'Naddo!' atebodd y Gweinidog, yn fwy pendant fyth, ac ofn yn ei galon i Shamus ofyn a oedd wedi dechrau cyfanwerthu mawn.

'Ma' fo'n *beauty*, cofia.'

'Ydi . . . m . . . debyg.'

Yn sydyn, trodd Shamus Mulligan ei ben i gyfeiriad Tŷ'r

Offeiriad a gweiddi ar y bechgyn, 'Sure to God, ye're putting too much tarmacadam.' Trodd i wynebu'r Gweinidog, 'Hogia' da, Bos. 'Bo' nhw'n rhoi gormod o tarmac, ia? Peryg' i Shamus myn' *down the swanney.*'

Daeth ateb hyll yn ôl a llais y Tad Finnigan i'w glywed yn glir uwchlaw sŵn y rowler a sathrai'r graean, '*Mulligan! T'ere's more skin on my rice puddin' than what t'ese hooligans put down.*'

'*I'll be t'ere now, Father.*'

Gyda chil ei lygad, gwelodd y Gweinidog y Cwnstabl Carrington yn sodlu i'r cyfeiriad, a golwg flin ryfeddol arno. I gael drws ymwared, cychwynnodd ymaith ond cydiodd y Tincer yn ei lawes a'i dynnu'n ôl, 'Dal dy dŵr, Bos bach. Gin Shamus isio gair bach hefo ti.'

Tynnodd Llew Traed lyfr a beiro o'i boced. Unig ymateb Mulligan oedd codi gwydryn bychan, dychmygol at ei wefusau a gwneud ffigur dau â'i fysedd. Daeth gwên y câi amser drafferth i'w phylu i wyneb y plisman, gwthiodd y llyfr a'r feiro yn ôl i'r un boced a phrysuro ymaith i flagardio rhywun arall.

'Sychad fath â camal gin Llew, ia? Gneith Shamus 'i gweld o, nes 'mla'n, yn y 'Fleece'.'

'Fydd raid i minnau'i throi hi,' ebe'r Gweinidog, yn anhapus o feddwl bod yr Heddlu yn medru cael eu prynu, a hynny am bris mor isel. 'Mi rydw' i isio galw mewn siop baent, ylwch.'

'Dyna pam 'ma Shamus isio gair hefo chdi, Bos.'

'Sut?'

'Clywad bo' capal chdi yn ca'l *face lift*. A bod boi claddu chdi . . .'

'Howarth, 'dach chi'n feddwl?

'Ia, Bos. Boi hwnnw. Bod o isio i ti prynu farnish, ar y *black market.*'

Daliwyd y Gweinidog â syndod. Sut ar wyneb y ddaear y daeth y stori i glustiau Mulligan o bawb? 'Mi rydan ni isio prynu farnish, oes. Ond am bris teg.'

'Gin i y feri peth i ti, Bos bach. *Dirt cheap.*'

Wedi i'r ddau groesi'r stryd, aeth y Tincer at un o'r faniau melyn ac agor y drysau cefn. Yn y trwmbal roedd casgliad o hen ganiau, rhai yn dun a'r gweddill yn rhai plastig; ar y tuniau roedd enwau y math o hylif a ddylai fod ym mhob un: chwyn laddwr na chodai'r un dant y llew ei ben am hafau ar ei ôl, stwff i lanhau injian car iddo sgleinio fel newydd, math o sebon costig i olchi gwyrddni oddi ar balmant a phatio hyd at y garreg noeth a hylif a fedrai blicio ymaith ganrifoedd o baent neu farnis oddi ar unrhyw goedyn.

'Ma' fo'n *real thing*, cofia,' broliodd Shamus, yn cydio mewn can a'r gair '*Turpentine*' arno. 'G'neith o farnishio capal chdi i gyd.'

'Ond tyrps ydi hwn'na,' ebe'r Gweinidog, 'nid farnish.'

''Ti'n ca'l *miscue*, Bos bach. Wedi bod yn hwn'nw ma' fo, ia?'

'Y?'

'Ma' fo'n farnish rŵan. 'Ti'n gweld, Bos,' a rhoddodd Shamus y can i lawr am eiliad iddo gael egluro, 'ma' Yncl Jo MacLaverty fi. A ti'n cofio fo?'

'M.'

'Ma fo'n prynu fo'n *bulk*, gin boi o Morocco. A ma' fo'n gyrru fo wedyn i Shamus, a' ma' hogia' Shamus yn rhoi fo mewn caniau a gwerthu fo *on the cheap*.'

Cydiodd Mulligan yn y can eilwaith a'i hwrjio i'r Gwenidog, 'Yli, gneith Shamus gwerthu hwn i capal chdi am *tenner*, i ti medru cau ceg dyn claddu.'

Gwyddai Eilir, o fod wedi gwneud gwaith ymchwil ar hyd a lled siopau'r dref, fod y farnis rhydd hwn bunnoedd lawer yn rhatach na'r un a werthid dros y cownteri.

Fe'i temtiwyd gan ddiafol a dechreuodd gynhesu at y fargen, 'Ond sut gwn i bod y can yn lân, i ddechrau?'

'Hogia' Shamus 'di golchi fo a'i golchi fo, cofia. O'dd o'n glân 's'ti, fath â tu mewn i potal babi. 'Ti'n gw'bod be', Bos, ma' Tad Finnigan am farnishio i tŷ fo i gyd hyfo fo.'

O glywed cymeradwyaeth felly i'r farnis llyncodd y Gweinidog yr abwyd ac ordro'n syth, 'Wel, dyna ni 'ta. Mi fentra' i un can. Mi 'neith i'r capal am flynyddoedd.'

''Ti'n boi call, Bos. 'Nei di dim difaru. Ma' fo'n farnish da, cofia, *real McCoy*. 'Neith o sticio fath â gliw i chdi.'

Tynnodd y Gweinidog bapur degpunt o'i waled a'i roi i Shamus. Poerodd hwnnw ar y papur, am lwc, a'i rowlio'n belen gron a'i wthio i boced brest ei ofarôl.

''Dwn i ddim sut medra' i gario fo, 'chwaith.'

''Neith Shamus mynd â fo i'r 'Fleece' i ti, i Jac 'i ca'l o, ia? Wrth ma' fo sy'n peintio i chdi.'

Dyna ddirgelwch arall, sut y gwyddai'r Tincer fod Jac Black wedi'i gonsgriptio i steinio'r seddau. Ond gadael y dirgelwch hwnnw i ragluniaeth a oedd orau.

Pan oedd Eilir yn dringo'r allt tuag adref gwelai lorïau a faniau 'Shamus O'Flaherty Mulligan a'i Feibion' yn croesfagio ac yn ail-dacio, nes creu mwy o draed moch, a thraed moch mwy, er mwyn iddynt fedru cael ceg un o strydoedd culaf Porth yr Aur ac felly fedru cael pen llinyn y ffordd gyntaf adref i Ben y Morfa.

Wrth brysuro ymlaen, teimlai lam yn ei gam. Wedi'r cwbl, nid bob dydd y byddai i ddyn daro ar farnis rhydd, am hanner pris. A pheth arall, roedd rhywun neu rywrai wedi cyflogi Jac Black i'w daenu ar y seddau heb i'r Gweinidog hyd yn oed alw heibio iddo heb sôn am orfod ceisio troi'i fraich. O wel, byddai hyn yn rhoi mwy o hamdden iddo baratoi pregeth ar gyfer Sul y Maer.

*   *   *

'Ga' i, gyda chaniatad y Cadeirydd,' holodd John James, 'ddangos i'r Llys yr eitem gynta' sydd i'w harddangos?'

Agorodd y Canon Puw, Cadeirydd y Fainc, un llygad llaith a nodio'i ganiatâd. Cerddodd Miss Phillips – o swyddfa hynafol John James, ffyrm *James James, James John James a'i Fab, Cyfreithwyr* – yn llesg ar draws llawr y Llys gorlawn yn dal trowsus Sul Fred Phillips i fyny gerfydd ei odra a dim pen-ôl iddo.

'Diolch, Miss Phillips.'

'Diolch, Mistyr James.'

'A chyda'r un caniatâd, gawn ni ddwyn gerbron y Llys yr ail eitem?'

Cychwynnodd Miss Phillips ar ei thaith flinderus unwaith yn rhagor yn cario nicer bychan nad oedd, bellach, yn ddim ond ychydig lastig a dau dwll coes hynod o dyllog.

O weld cyflwr yr ail eitem, agorodd y Canon Puw ddau lygad a'u troi'n soseri. Cododd cawod ysgafn o chwerthin mentrus o'r galeri wrth weld dilledyn isa' Ffrîd, Plas Coch, yn cael ei arddangos i'r cyhoedd. Dyrchafodd Clerc y Llys gip i'r cyfeiriad a sychodd y chwerthin yn y fan.

'Diolch, Miss Phillips.'

'Diolch, Mistyr James.'

Fel y trodd pethau allan, profodd testun y bregeth a baratôdd y Gweinidog ar gyfer Sul y Maer yn ddichwaeth o addas ac yn fwy felly fel yr âi'r gwasanaeth yn ei flaen. Penderfynodd fyfyrio y bore hwnnw ar yr adnod 'Glynwch wrth y pethau hyn'. Yn ystod canu'r emyn cyntaf, hanner y gynulleidfa a lwyddodd i godi ar eu traed. Roedd yr hanner arall wedi glynu'n dynn yn eu seddau. Sylwodd Eilir ar y Maer a'i wraig, a eisteddai yn y sedd flaen un, yn siglo yn ôl a blaen, fel petai nhw'n rhwyfo cwch ac yn methu cyrraedd glan.

Bu rhaid i Ifan Jones, cyhoeddwr y mis, lefaru o'i eistedd â'i gefn at y gynulleidfa neu gyhoeddi yn ei drôns. Dim ond ar hyd un ochr i lwybr y capel y llwyddwyd i hel y casgliad. Llwyddodd Cliff Pwmp, casglwr yr ochr chwith, i rwygo'i hun i ffwrdd oddi wrth y sêt, yn llythrennol felly, ond bod darn o frethyn ei drowsus heb ddod i'w ganlyn, a mynd ati i gasglu'r offrwm. Serch difrifoldeb y sefyllfa, wrth wylio Cliff yn cerdded i fyny'r llwybr a'i ben ôl yn y golwg ni allai Eilir lai na meddwl ei bod hi'n gasgliad gwyn, mewn mwy nag un ystyr, y bore anffodus hwnnw. Ond roedd casglwr yr asgell dde,

Hopkins y Banc, yn dal yn ei sedd ac yn camu yn ei unfan, fel pry mewn tar wrth geisio ymryddhau.

Pan gyrhaeddwyd yr emyn olaf aeth pethau o ddrwg i waeth. Oherwydd y gwres, roedd ffiwms farnis rhad heb hanner sychu yn codi cyfog ar amryw. Ac erbyn hynny, roedd pawb bron yn y gynulleidfa yn sownd yn eu seddau. Gan fod Kit Davies, Anglesea View — yr organyddes ar y bore — wedi cael farnis ar ei dwylo ac wedi trosglwyddo peth o'r sothach stici hwnnw i nodau'r organ roedd y sŵn a ddeuai allan trwy'r pibau yn debycach i gathod yn cathrica ar noson o leuad llawn nag i nodau tôn gynulleidfaol. Erbyn diwedd yr oedfa, y Gweinidog oedd yr unig un, bron, i fod heb 'lynu wrth y pethau hyn'— serch iddo gynghori pawb arall i wneud hynny.

Bore'r Llys cafodd Eilir ddedfryd o garchar gan ei wraig a hynny cyn iddo symud o'r tŷ, 'Yn y jêl y byddi di, yn glap.'

'Nid fi fydd y cynta', o bell ffordd.'

''Dydi hynny ddim yn gysur i ti nag i neb arall.'

'Fedra' i enwi rhes hir, hyd 'mraich i, o gewri a aeth i garchar oherwydd yr hyn oeddan nhw'n gredu, o Jeremeia i Nelson Mandella.'

'Oedd Jeremeia yn prynu farnish? Mewn can tyrps?'

'Nag oedd. A pheth arall, 'doeddan nhw ddim yn gwerthu farnish adag hynny.'

Ond chwibanu yn y tywyllwch oedd hynny. Roedd Eilir, fel ei wraig, yn ymwybodol o ddifrifoldeb y sefyllfa. Ar ddiwedd y dydd hwyrach mai Gweinidog yr eglwys a fyddai'n gorfod cario'r can yn llythrennol ac yn ffigurol.

'Ond, Ceinwen, go brin y gyrran nhw neb i garchar am beth cyn lleiad.'

'Paid â bod yn rhy siŵr. Mi gafodd brawd i fy hen daid i dransportio i Ostrelia am saethu ffesant.'

'Os transportian nhw fi, mi fydd raid iddyn nhw dransportio pob un o'r Blaenoriaid yn ogystal.'

'Dyna be' fydd cwmni difyr.'

'Nhw ordrodd fi i brynu'r peth.'

'Gin Shamus Mulligan?'

'Ddim yn hollol.'

'Mewn can â'r gair 'turpentine' ar 'i ochr o?'

Bu saib yn y sgwrsio am ychydig. Y ddau yn bwyta'u brecwast mewn distawrwydd.

'Wyt ti, Cein, am ddŵad draw i 'ngweld i yn Walton?'

'Mi ddo' i â dillad glân i ti, dyna'r cwbl.'

Y gwir amdani oedd mai dau yn ceisio gwneud yn fach o'r hyn a oedd o'u blaenau oedd Eilir a Ceinwen y bore Llun hwnnw. Roedd Ymddiriedolwyr Capel y Cei yn wynebu achos digon difrifol a allai gostio'n ddrud iddynt, nid yn unig mewn arian ond mewn enw da yn ogystal.

Pan ddaethpwyd â chais am iawndal, wedi i amryw o'r aelodau fynd yn sownd yn y farnis tamp, y Maer a'r Faeres a apwyntiwyd i'w cynrychioli. Yn ddistaw bach, roedd Eilir yn amau bod Jac wedi rhoi trymach côt o staen ar sêt Plas Coch na gweddill y seddau. Ond tybiaeth oedd hynny a byddai'n amhosibl profi'r peth mewn llys barn.

'Ydi'r Jo MacLavatory hwnnw wedi cyrraedd eto?' holodd Ceinwen.

'MacLaverty,' cywirodd ei gŵr.

'Ia. Hwnnw.'

'Roedd Jac yn deud 'i fod o wedi landio neithiwr, tua pump, a chrêt o'r pocheen o gorsydd g'lybion Connemara ar sêt gefn y car.'

'Roedd hi'n noson a darn felly yn y garafán 'na ym Mhen y Morfa.'

'Nid fan'no roedd o'n aros.'

'O? Lle cafodd o le i roi'i ben i lawr 'ta?'

'Hefo'r Tad Finnigan. I Jim, mae'n debyg, roedd y poteli.'

'Gwaeth byth.'

Teyrngarwch i'w 'frawd', mae'n debyg, a barodd i John James, ffyrm *James James*, *James John James a'i Fab*, *Cyfreithwyr*, godi o'r llwch a chytuno i'w gynrychioli yn Llys yr Ynadon. Dim ond unwaith o'r blaen y gwelwyd John James yn y Llys hwnnw – ac roedd hynny flynyddoedd yn ôl – a hynny i'w amddiffyn ei hun wedi iddo gael ei gyhuddo o yrru'n rhy araf. Roedd Miss Phillips, ei law dde, a ddaeth i weithio i'r ffyrm yn nyddiau'i dad i roi min ar bensiliau a llenwi'r potiau inc, yr un mor ddieithr i awyrgylch o'r fath.

Tri a eisteddai ar y Fainc y bore hwnnw: Llinos Webster, Gogerddan, un a grwydrodd y byd gyda'i gŵr, y Capten Webster, cyn dychwelyd i ymddeol yn ei bro enedigol; Elis y Fet, ddiamynedd, a'r hen Ganon Puw a weithredai fel Cadeirydd ond a gâi hwrdd o gysgu pan âi y gweithrediadau'n ddiflas a blob o'r annwyd haf-a-gaeaf hwnnw ar flaen eitha'i drwyn, fel dŵr tap a'i wasier wedi gwisgo, yn methu â phenderfynu p'run a oedd orau iddo ai disgyn neu beidio.

Ond gydag ymddangosiad Jo MacLaverty yn y doc cododd awel. Cyrhaeddodd i'r Llys yn ddiweddar – ac roedd hynny'n bechod yng ngolwg y Fainc – ym mraich y Tad Finnigan a golwg wedi bod drwy'r drain ar y ddau ohonynt: MacLaverty â'i wasgod o frethyn Connemara wedi'i chau'n gam a'r rhosyn plastig arferol a wisgai yn llabed ei grysbais wedi dechrau gwywo, a choler gron y Tad Finnigan tu ôl ymlaen ac un pigyn iddi fodfeddi'n uwch na'r llall – yn edrych fel rhyw dderyn du wedi hanner bod yng ngheg cath.

Cymerodd amser cyn i MacLaverty glywed ei enw yn cael ei alw a hynny am y trydydd tro. Cerddodd yn ddigon ansicr am y doc yn hanner hymian yn arddull y *Thin Lizzy*: *'Musha ring dum a doo dum a da.'*

Pan estynnodd y Cwnstabl Carrington Feibl Saesneg iddo dyngu llw arno, dechreuodd gwaed Catholig a gweriniaethol y cyfanwerthwr mawn o Ballinaboy ferwi yn ei wythiennau, *'Sure to God, I will not put me hand on a heathen book. I must have t'e Irish.'*

Wedi llwyddo i gael MacLaverty i ymbwyllo, holodd y Cadeirydd a oedd gan rhywun Feibl Gwyddelig, gan edrych yn benodol i gyfeiriad y Tad Finnigan. Y cwbl a wnaeth hwnnw oedd codi'i ysgwyddau i beri i gelwydd edrych fel petai'n dweud y gwir. Gwyddai Eilir, i sicrwydd, fod gan Jim Finnigan gasgliad cyfoethog o Feiblau Gwyddelig, ac yn eu plith un neu ddau o rai prin ac eithriadol o werthfawr.

Gyda chil ei lygad gwelodd MacLaverty ei nai afradlon yn eistedd yn ddigon swat gyda'i deulu niferus ar ochr dde y Llys a ffrwydrodd. Neidiodd ar ei draed a bygwth cychwyn i'r cyfeiriad, '*Mulligan! I'll skin ye alive. Indeed I will.*' Trodd at y Fainc ac egluro, '*T'at son of a bitch is no good to anyone, no good at all. I'll omit him from me will, sure as hell I will.*'

Ond 'gwannaf gwaedded, trechaf treisied' fu hi. Pob tyst yn ceisio rhoi'r bai yn daclus ar ysgwyddau y tyst a oedd yn ei ddilyn: Fred a Freda yn beio'r Blaenoriaid, y Blaenoriaid yn beio'r Gweinidog, y Gweinidog yn beio Shamus Mulligan, Shamus yn beio'i hogiau a'r hogiau (saith ohonyn nhw i gyd) yn beio Yncl Jo o Ballinaboy ac Yncl Jo am roi croen ei nai afradlon yn gadarn ar y pared. Yr unig un na feiwyd gan neb, ac na roddodd fai ar neb arall, oedd Abdul Dulab, o Forocco a ddaeth yno ar alwad ffyrm *James James, James John James a'i Fab* – yr un a werthodd y farnis yn y lle cyntaf.

Roedd hi'n saith pan gyrhaeddodd Eilir adref y nos Lun honno.

''Ti 'di blino, Eil?'

'Yn gebyst.'

'Es ti ddim i garchar, wedi'r cwbl?' a gwenu'n groeswagar.

''Taswn i wedi mynd, 'swn i ddim yma, na f'aswn?'

'Ty'd at y bwrdd,' ac roedd Ceinwen wedi paratoi swper fel yr un a gafodd y Mab Afradlon.

Wrth gythru i'r bwyd aeth Eilir ati i adrodd peth o'r hanes wrthi, 'Lluchio'r achos allan 'neuthon nhw, Cein. Methu â phrofi be' styrbiodd y farnish a newid 'i gymeriad o.'

'Mi fedrwn i fod wedi d'eud hynny', ebe hithau.

'Be'?'

'Rhoi farnish mewn can tyrps a hwnnw wedi hannar 'i olchi!'

'Bosib'. . . O ia, 'cofn i mi anghofio deud, ma' nhw wedi

cadw John Wyn yn y ddalfa.'

'John Wyn?'

'Hyd nes y bydd o wedi ymddiheuro.'

'Am be'?'

'Am alw Canon Puw yn 'inffidel'. Wel, a phethau butrach.'

'Mi all fod yno am weddill 'i ddyddiau felly. Llosgi rhai fel fo byddan nhw yn yr hen amsar.'

'Ia, debyg. Ond mi wyddost, gystal â finnau, mor styfnig y medar John Wyn fod.'

'Gwn.'

'Ac mi gafodd Cecil gic dan 'i ben ôl gin Glarc y Llys.'

'Am be'?'

'Am alw rhyw gyfreithiwr, sarrug yr olwg, yn 'siwgr'. Fwy nag unwaith. A'r cyfreithiwr hwnnw ymhell o fod felly.'

Wedi clirio'i swper a dod at baned o goffi gofynnodd Eilir, 'Deud i mi, Ceinwen, faint o amsar wyt ti'n feddwl gym'ith y farnish i sychu ar seti'r capal?'

'Anodd deud, chwedl Howarth. Dim ond wsnos i'r Sul dwytha y do'th Meri Morris o hyd i'w hesgid yn y tarmac sy' rownd y capal. Ac ma' Shamus wedi rhoi hwnnw i lawr ers pedair blynedd. Ma' rhaid deud, ma' pethau Shamus Mulligan yn glynu.'

'Ail-steinio'r seddau fydda' orau i ni, debyg?'

'Ond nid hefo'r un farnish.'

'Na.'

'Eil.'

'Ia?'

'Pryd wyt ti am droi dy gefn ar Shamus Mulligan a'i debyg, a dechrau bod fath â phob gw'nidog arall?'

'I ddyfynnu William Howarth eto, ma' hi'n anodd deud.'

4. *ICHABOD*

Roedd y Gweinidog yn yr ardd ffrynt, y bore Sadwrn tyner hwnnw o fis Tachwedd, yn clirio llanast corwynt y noswaith flaenorol – dail yn tagu'r cwterydd a brigau ymhobman – pan glywodd sŵn helicopter yn hedfan yn anghymdeithasol o isel. Rhyw druan, tybiodd, angen lifft i ysbyty wedi i ryferthwy'r corwynt godi to'i dŷ yn glir oddi wrth y muriau. O godi'i ben, cafodd sioc o weld mai beic modur a oedd yno, yn crafangio'i ffordd yn annaearol o swnllyd i fyny'r allt i gyfeiriad y tŷ; cafodd fwy o sioc fyth o weld mai Jac Black oedd y peilot.

Daeth y *Suzuki* hynafol i stop gyferbyn â giât ffrynt y Mans a gollwng ergyd a yrrodd Brandi, ast ddefaid y Gweinidog, i seintwar yr ardd gefn.

'Sudach chi, Jac?' pesychodd y Gweinidog drwy gwmwl o fwg tew.

''Swn i'n well o beth cythra'l 'tasa plant yr Harbwr 'cw yn peidio â stwffio caniau côc wedi'u gwasgu i fyny peipan ecsôst 'y meic i. Clirio pethau felly oedd yr ergyd 'na glywsoch chi rŵan. Ddrwg gin i am y parddu,' ychwanegodd, yn sylwi fel roedd huddug o'r ecsôst wedi duo wyneb y Gweinidog.

'Na hidiwch,' atebodd hwnnw (er yn teimlo'n wahanol) yn sychu'i wyneb â hances boced ac yna'n ymdrechu i glirio'i ffroenau, 'fydd y wraig yn meddwl 'mod i 'di bod yn llnau y corn simna'.'

Gwthiodd Jac y cap llongwr yn ôl ar ei wegil a datod botwm ucha'i gôt bysgota.

'Fyddwch chi ddim yn gwisgo helmet?' holodd y Gweinidog, yn ymwybodol o'r gyfraith ar y mater ac yn pryderu am ddiogelwch y marchog.

'Ddim ar fora Iau, achan.'

'O!'

'Na. Fydd Llew Traed – ne'r Cwnstabl Carrington fel fydd pawb fydd ddim yn yfad hefo fo yn 'i alw fo – fydd o ddim o gwmpas ar fora Iau, ylwch.'

'O?'

'Bora Iau bydd o'n llnau'i sgidiau a sgleinio'i helmet.'

Ffroenodd y Gweinidog yr awyr. Gwyddai mai pysgodyn a oedd ar y fwydlen ar gyfer cinio ond go brin bod Ceinwen wedi rhoi'r badell ar y stôf am unarddeg. Mentrodd ofyn, 'Glywch chi oglau pysgodyn yn ca'l 'i ffrio, Jac, 'ta fi sy'n dychmygu pethau?'

'Oes yn tad.'

'Felly ro'n innau'n meddwl.'

'Yr un brîd sy'n gwthio bodiau crancod, ac amball i jeli-ffish, rhwng injian y moto beic a'r tanc petrol. A fedra'i ddim 'u ca'l nhw allan heb ddismantlo'r peiriant fesul darn. Ro'n i'n clywad ogla' cwcio pan o'n i'n cychwyn i fyny'r allt. Be' ddaw o'r oes 'ma, deudwch?' holodd Jac, yn annisgwyl dduwiol.

'Wel ia. Ond dowch i'r tŷ.'

Cododd Jac ei ddwylo i'r awyr mewn braw, fel petai rhywun wedi gwadd Cristion selog i gamu i deml Fwdïaidd. 'Ddim yn siŵr i chi. Ond diolch am y cynnig, serch hynny. Fûm i ddim dros drothwy tŷ'r Gw'nidog 'ma er pan o'n i yma yn blentyn, yn hel at Gei Ffôcs.'

'Ond Richard Lewis oedd y Gw'nidog bryd hynny.'

'Ia siŵr. A chic yn 'nhin ge's i gin hwnnw, a chyngor i beidio â galw'n fuan wedyn.'

'Os dowch chi mewn, mi gewch banad o goffi.'

'Coffi!' a thynnu wyneb un wedi yfed wermod mewn camgymeriad. 'Dda gin i ddim coffi, achan. A pheth arall, fedra' i ddim mentro â mynd ar gefn y moto beic ar ôl yfad peth felly. Coffi'n codi beil arna' i. 'Sgynnoch chi ddim can bach o ginis ma'n siŵr? Mi fedrwn yfad peth felly yn 'rawyr agorad.'

'Dim diferyn, ma' gin i ofn.'

''Felly ro'n i'n ama'. Heblaw mi ge's i botelad cyn cychwyn. Ac mi ga' i dop-yp eto pan a' i adra.' Wedi tynnu mwy o flew o drwyn y Gweinidog daeth Jac at bwrpas ei ymweliad. 'Wedi ca'l profedigaeth 'dw i.'

'Tewch chithau. Sydyn?'

'Sydyn gythra'l.'

''Ddrwg gin i glywad.'

'Diolch i chi. A meddwl b'asach chi mor garedig â phasio gair o gydymdeimlad hefo fi, bora Sul.'

'Yn y Capal Sinc?' holodd y Gweinidog, yn ddifeddwl, gan gyfeirio at y capel cenhadol ar yr Harbwr. Roedd hwnnw o fewn tafliad carreg i gartref Jac ac yno, yn ôl a ddeallai'r Gweinidog, y byddai hynafiaid Jac Black yn addoli, cyn y rhyfel byd cyntaf.

'Diawl, dim yn fan'no!' arthiodd y profedigaethus. 'Pwy gewch chi yn fan'no ar bnawn Sul? Dim ond Cit Davies, Anglesea View, yn waldio'r piano tun 'na, a Cwini Lewis – os na fydd hi'n digwydd bod yn dywydd glan môr. A pheth arall, plant i blant Cwini Lewis sy'n blocio fy ecsôst i.' Yna, meiriolodd ychydig a hanner ymbil, 'Na, mi leciwn i chi sôn amdana' i yn y Capal Mawr, os nad ydi o wahaniaeth gynnoch chi.'

'Capal y Cei felly?'

'Ia siŵr. Fydd 'na fwy o bobol yn fan'no i glywad am 'y nghollad i.'

'Ma' hynny'n wir.'

'A gwell brîd. Wel ar wahân i'r Blaenoria'd 'na s'gynnoch chi. Ac unwaith yr eith y newyddion rownd, mi fydd 'na fwy o bobol yn debyg o alw heibio i mi, hefo chwartar o de ne' gan o lagar.'

Roedd rhagrith afiach Jac Black yn deud ar ysbryd y Gweinidog ond ni hoffai sathru ar ddyn yng ngwewyr profedigaeth. Daeth i'w feddwl na chlywodd pa berthynas i Jac a oedd wedi marw. 'Gyda llaw, pwy yn union sy' wedi'n gadael ni?'

Aeth yn big ar y profedigaethus, 'Diawl, 'dydw i ddim yn hollol siŵr, ylwch.'

'Be'? Ddim yn siŵr?'

Tyrchodd Jac i boced crys a wisgai o dan y jyrsi llongwr a thynnu allan ddarn bach o bapur, briw ryfeddol yr olwg, a'i wthio ar y Gweinidog. 'Fedrwch chi ddarllan hwn?'

'Ble mae o wedi bod?' holodd hwnnw. 'Dan y gath?'

'Gan ych bod chi mor garedig â holi, ia. Mi gwthis i o dan glustog Cringoch, neithiwr ac echnos, rhag ofn i rywun dorri i mewn a rhoi'i bump arno fo.'

Ffoadur i Borth yr Aur oedd Cringoch, fel amryw o'r trigolion erbyn hyn: cwrcath rhyfeddol o foldyn, lliw marmaled. Daeth yno oddi ar fwrdd iot foethus a oedd wedi angori yn yr Harbwr. Pan aeth Cringoch i'r lan am funud i gael tywod ffres i wneud ei fusnes hwyliodd y llong allan i'r cefnfor hebddo. Byth er hynny gwnaeth ei gartref ar aelwyd anhrefnus Jac Black a chael lle brenin. Nid pob cath ym Mhorth yr Aur a gâi ginis i frecwast a physgodyn ffres i ginio.

''Dydi o ddim yn sgwennu hawdd i'w ddilyn,' ebe'r Gweinidog, yn craffu ar yr ysgrifen anarferol o fras.

''Dydi sgwennu Howarth yn debyg i lyffant wedi landio ar 'i bedwar mewn pot inc ac yn trio sboncio'i ffordd adra wedyn.'

'Ikabod Black,' darllenodd y Gweinidog.

'Dyna'r enw.'

'Enw o'r Beibl ydi Ichabod,' eglurodd y Gweinidog, yn natur dangos ei blu, 'yr enw roddodd merch yng nghyfraith Eli ar 'i phlentyn. A'i ystyr o ydi "y gogoniant a ymadawodd".'

'Disgrifio teulu Mam i'r dim,' ebe Jac, fel ergyd gwn.

'Ond be' yn union oedd yr Ikabod 'ma yn berthyn i chi, pan oedd o'n fyw?'

'Diawl, daliwch ych dŵr am funud. 'Nes i ddim deud 'i fod o wedi marw. Na, 'i fam o sy' 'di'n gada'l ni, os 'dw i wedi dallt yn iawn,' a thynnodd Jac ei gap llongwr am foment i ddangos parch. 'Ond un o'r Merica o'dd 'i dad o.'

'Wela' i.'

'Yn ôl Howarth, mi a'th hi'n howdidŵ rhwng hwnnw a hannar chwaer Mam, tu ôl i'r Cwt Band, pan oedd o yma adag rhyfal. Er na chlyw'is i mo Mam 'rioed yn sôn gair am 'i henw hi. Ond yn ôl Howarth, ma'r 'Gogoniant', fel 'dach chi'n cyfeirio ato fo, yn hannar cefndar i mi.'

Bu bron i Eilir ychwanegu fod William Howarth ei hun rywle yn y rhaff nionod. Yn ôl y sôn, Robat Llechan Las, tad Howarth, oedd tad Jac Black yn ogystal – er na wyddai'r un o'r ddau ddim am y gori allan.

'Ac ym mhle roedd hannar chwaer ych mam yn byw?'

'Diawl, yn Merica 'te!' ebe Jac yn natur gwylltio. ''Dydi'r darn papur 'na'n deud hynny.'

'Ond 'Black' ydi'r cyfenw?'

'Ia siŵr.'

'Ond cyfenw'i fam o oedd Black?'

'Ia bosib'. 'Doedd hithau, ma'n debyg, mwy na'i hannar chwaer, ddim yn clymu pethau mor deidi ag y dyla' hi.'

'Wela' i,' atebodd y Gweinidog ond heb weld sut yn union roedd y dderwen deulu anarferol hon yn canghennu.

'Ac ma' fy nghefndar, hannar cefndar felly . . .'

'Ikabod?'

'. . . Ia, hwnnw. Mae o isio i lwch 'i fam o ga'l gwasanaeth yn y Capal Sinc a'i gladdu ym medd y teulu. Hynny ydi, pan ddaw o â'r gweddillion drosodd.'

'Mi fydd hi'n fraint i mi geisio ca'l bod o gymorth i chi pan ddaw yr amsar,' atebodd Eilir, yn siarad iaith gonfensiynol, arferol gweinidog ond heb ddirnad, ar y foment, ei fod yn prynu cath mewn cwd.

'Dyna ni 'ta. Pan fydd y 'Gogoniant' wedi landio hefo'r llwch mi anfona' i gloman atoch chi, i ddeud hynny.'

'Ac mi gyfeiria' innau at ych collad fawr chi yn ystod yr oedfa bora' Sul nesa'.'

'Diolch yn fawr iawn i chi, yn fawr iawn. A chyda llaw, mi ellwch fentro deud wrth y·gynulleidfa y bydda' i adra yn ystod y dydd, os byddan nhw am ddŵad â rhoddion i mi.'

Wedi ailfotymu'i gôt bysgota a thynnu'r cap llongwr yn isel dros ei dalcen, rhag ofn i'r gwynt ei gipio, aeth Jac ati i geisio aildanio'r *Suzuki*. 'Gyda llaw, fydd dim disgw'l i'ch Musus chi a chithau anfon gair o gydymdeimlad ata' i, wrth 'mod i wedi ca'l sgwrs hefo chi rŵan.'

'Dyna ni 'ta. Nid 'mod i wedi meddwl am hynny.'

'Heblaw, mi fydd rhyddid i chi gofio amdana' i, mewn modd mwy ymarferol, wedi i chi ga'l cyfle i brynu rwbath.'

Taniodd y beic modur ar yr alwad gyntaf, er syndod i'w berchennog, a dechreuodd yr injian gnocio troi. Ramiodd Jac y peiriant i'w gêr ac ymadael, fel Elias gynt, a thân o'r tu ôl iddo.

Roedd Jac Black wedi mynd o'r golwg rownd y gornel cyn i'r Gweinidog fedru ffeindio'i ffordd allan o'r cwmwl mwg. Penderfynodd bod yr awyrgylch yn un rhy afiach iddo fedru garddio ychwaneg y bore hwnnw ac aeth am y tŷ i sôn wrth Ceinwen am y brofedigaeth ddirgel a oedd wedi goddiweddyd y pysgotwr a'r gyrrwr hers rhan amser.

*　　*　　*

Wedi cinio, a'r ddau yn clirio'r llestri, gwelodd Ceinwen hers drom William Howarth yn cael ei pharcio'n weddaidd gyferbyn â'r giât ffrynt.

'Eilir, ma' Howarth 'di landio. Dos â fo i'r stydi, bendith y tad i ti, mae'r gegin 'ma fel tŷ Heilyn Goch.'

Wedi i'r Gweinidog agor y drws ffrynt iddo, rhwyfodd William Howarth dros y rhiniog, wysg ei ochr, yn fyr ei wynt.

'Awn ni drwodd i'r stydi, Mistyr Howarth, os nad ydi o wahaniaeth gynnoch chi? Ma' Ceinwen heb lawn ddarfod clirio'r llestri cinio.'

'Dyna ni,' a cherdded yn fflat-wadn i'r cyfeiriad. 'Mi fydd hi'n fwy preifat yn y fan honno.' Ac roedd preifatrwydd yn werthfawr iawn yng ngolwg William Howarth.

''Steddwch.'

'Diolch i chi,' a disgynnodd yr Ymgymerwr, gan duchan, i gadair a oedd yn llawer rhy isel iddo. Gan na allai ymestyn, unwaith roedd wedi eistedd, lluchiodd ei het gladdu ddu i gyfeiriad cadair wag, fel petai'n chwarae cylchau, a llwyddo i gael bwl ar y cynnig cyntaf.

'Mi 'nath wynt go fawr neithiwr, Mistyr Thomas.'

'Do. Roedd hi'n ddrycinog iawn ganol nos.'

'Drycinog iawn.' Tynnodd hances boced wen ag iddi ymylon du o boced top siaced ei siwt – anrheg Nadolig un o'r ffyrmiau gwerthu eirch roedd Howarth yn gwsmer iddi – a sychu'r chwys a befriai ar ei dalcen. 'Gynnoch chithau gryn dipyn o dynnu i fyny, Mistyr Thomas, o'r giât lôn at y drws ffrynt.'

'Oes,' rhagrithiodd y Gweinidog ond yn gwybod yn iawn mai pwysau Howarth yn hytrach na'r gorifyny a roddai serthni i'r llwybr.

'Ma' Jac wedi galw heibio i chi, ma'n debyg?'

'Do. Mi alwodd heibio'r bora 'ma, ar 'i foto beic.'

'Felly,' meddai'r Ymgymerwr mewn tôn llais a awgrymai nad oedd dull teithio Jac Black, ei yrrwr hers rhan-amser, wrth fodd ei galon.

'Hannar cefndar iddo fo sy' wedi marw, yn ôl be' 'dw i'n ddallt.'

'Anodd deud.'

'Y?'

'Ond mi ddaw pethau'n gliriach i ni, un ac oll, yn y man,' a honno oedd brawddeg stoc arferol William Howarth ymhob congl gyfyng. 'Mi fyddwch ar ga'l, Mistyr Thomas, pan ddaw llwch yr ymadawedig drosodd, o'r Merica?'

'Bydda'. Os na fydd yna ryw ddigwyddiad annisgwyl. Be' ydi'r trefniadau?'

Dechreuodd William Howarth dindroi yn ei gadair, yn amlwg anesmwyth. Wedi cryn duchan, llwyddodd i dynnu tudalen o bapur o boced cesail ei siwt a chraffu arni.

'Os ca' i rannu fy nheimladau hefo chi, Mistyr Thomas,' a gwisgo'i sbectol. 'Ma' 'na bethau ynglŷn â'r c'nebrwng hwn fydd yn 'i 'neud o . . . m . . . sut deuda' i? Wel, fymryn yn anarferol.'

'Ia?'

'Dymuniad Eichmann ydi . . .'

'Ikabod,' cywirodd y Gweinidog.

'Sut?'

'Ikabod ydi'r enw. Un o hengsmyn Hitler, os 'dw i'n cofio'n iawn, oedd yr Eichmann hwnnw?'

'Bosib' iawn,' meddai Howarth yn annelwig. 'P'run bynnag, y dymuniad ydi – ac mi hoffwn i danlinellu hyn – dathliad yn hytrach nag angladd.'

'Dathliad?'

'Ia siŵr. D'wrnod bach joli.'

'Wela' i.'

'A band i arwain y galarwyr o dŷ Jac i'r Capal Sinc, ac yna o'r Capal Sinc i'r fynwant.'

'Band ddeutsoch chi?'

'Dyna chi. Band canu felly. Ma' Jac, chwarae teg iddo fo, wedi trefnu hynny'n barod.'

'Ydi o?'

'Ydi, mae o wedi bwcio Band y Lijion, hwnnw fydd yn ymarfar yn y 'Fleece', ac wedi gofyn iddyn nhw ddysgu dipyn o emyn-donau ar ein cyfar ni.'

'Band y Lijion?' holodd y Gweinidog mewn syndod. 'Nid

91

dyna'r band ma' Oli Paent, Oliver Parry felly, yn 'i arwain?'

''Da chi'n iawn, Mistyr Thomas. Oliver Parry sy'n 'i arwain o – pan fydd o yn sobor 'te.'

'Wel 'sgin i ond gobeithio y bydd o felly, bnawn yr angladd.'

'Fydd raid gada'l hynny i ragluniaeth, ma' gin i ofn,' ebe Howarth, yn ddifraw ryfeddol.

'Ne' i MacDougall,' awgrymodd y Gweinidog, yn cyfeirio at berchennog eangfrydig y 'Fleece'.

Anwybyddodd Howarth y sylw. 'Ac ma' 'na ddymuniad i ga'l coets fawr, a dau geffyl du yn 'i thynnu hi, i gludo'r llwch i gyfeiriad y fynwant,' ychwanegodd wedyn, mor ddidaro â phetai Ikabod wedi gofyn iddo chwilio am ddwy lwy de, 'ac i minnau roi rubanau duon yn 'u cynffonnau nhw, os medra' i glymu pethau felly.'

'Fydd peth felly ddim yn hawdd i chi.'

'Clymu y rubanau 'dach chi'n feddwl? Na, 'sgin i fawr o brofiad o . . .'

'Nagi. Ca'l gafa'l ar goets fawr.'

'Y cwbl sy' wedi 'i addo i mi, hyd yn hyn, ydi benthyg trol o Lawr Tyddyn. Ac mi ddeudodd yr hen Ifan Jones, chwarae teg i'w galon o, bod gin 'i fab o fenthyg poni 'tasa hi'n mynd yn fain arna' i. Ond, yn anffodus, un broc ydi hwnnw.'

''Dydyn nhw ddim am i chi chwilio am fwnci, yn ogystal?'

Craffodd William Howarth, eilwaith, ar y darn papur, 'Na, 'does yna'r un cyfeiriad at ga'l mwnci, hyd y gwela' i.' Cododd ei ben i ddal gwên lydan ar wyneb ei Weinidog. 'Fydda'n dda gin i, Mistyr Thomas, pe bydda' hi'n bosib' i ni ymgadw rhag gwamalrwydd. Trefnu arwyl rydan ni. Ma'n rhaid cofio hynny.'

''Ddrwg gin i. Ca'l fy nhemtio 'nes i.'

'Fel y bydda' 'y niweddar dad yn arfar â deud – heddwch i'w lwch o – mewn amgylchiadau o alar, y cwsmar sy' bob amsar yn iawn.' Yna, rhoddodd Howarth ergyd i'r Gweinidog, fodfeddi o dan y belt, 'Ond hwyrach na' fasa' dim rhaid i rywun fynd yn bell iawn i ga'l hyd i fwnci!'

Bu rhai eiliadau o dawelwch; y Gweinidog yn llyfu'i friw.

'Oes gynnoch chi ryw gwestiwn arall, Mistyr Thomas, cwestiwn call felly, cyn i mi fynd a'ch gada'l chi.'

'Ma' 'na ddigon o arian, mae'n debyg, i gwrdd â'r gofyn? Fydd heirio coets fawr ddim yn rhad iawn. Ac yna, pâr o geffylau duon i fynd hefo hi.'

Lluchiodd William Howarth y cwestiwn i ffwrdd â'i law, 'Fel tywod mân y môr, Mistyr Thomas bach, fel tywod mân y môr. Fel roedd Eichmann . . .'

'Ikabod.'

'Ia, at hwnnw 'dw i'n cyfeirio. Fel roedd o'n egluro i mi, ar y ffôn, roedd 'i daid o, o ochor 'i dad, yn y busnas oel 'ma. Ac mi wyddoch mor gefnog ydi pobol felly . . . Os basach chi, Mistyr Thomas, yn rhoi hand bach i mi i godi? 'Fyt'is i fwy nag arfar amsar cinio. Anemone 'cw wedi g'neud tatws yn popty.'

Pan oedd yr Ymgymerwr ar ei ffordd allan ac ar gyrraedd drws y stydi penderfynodd y Gweinidog roi hyrdlen ar ei lwybr, 'Ac mi oedd gin mam Jac Black hannar chwaer?'

'Anodd deud,' ebe Howarth wedyn. 'Ond ma'n rhaid bod, ne' sut basa'r Eichm . . .' a phenderfynodd sgipio'r enw am y tro, 'ne' sut basa' hwn wedi gweld golau dydd?'

'Ia, debyg,' ond heb ddeall rhesymeg Howarth yn llawn. 'Ga' i ofyn fel hyn 'ta? Glywsoch chi rywun, 'rioed, yn sôn amdani? I mi ga'l rhwbath i ddeud yn ystod y gwasanaeth.'

'Gin i go' byw iawn am fam Jac,' ebe Howarth, yn troi'r stori. (Roedd hi'n amlwg na wyddai yntau ddim am y beic hwnnw a oedd gan ei dad.) 'Fydda'n anodd iawn i ni ga'l practis band, pan oeddan ni'n ifanc, os bydda' mam Jac yn digwydd bod y tu ôl i'r Cwt. Ond fedra' i, mwy na llaweroedd eraill 'dw i wedi'u holi, ddim dwyn ar go' 'i hannar chwaer hi, honno aeth i'r Merica. Ond, o gofio am y teulu, 'dw i'n weddol sicr fy meddwl na fasa' hithau 'chwaith fawr help i harmoni unrhyw fand.'

'Mi gofia' i'ch sylwadau chi,' ebe'r Gweinidog, yn talu drwg am ddrwg.

Cododd William Howarth ei ddwylo i'r awyr fel Caniwt yn ceisio atal llanw, wedi llyncu'r sylw gyrn, croen a charnau, 'Peidio â chyfeirio mewn unrhyw fodd at y Cwt Band fydda' orau i ni, Mistyr Thomas, ddydd yr angladd. Rhag ofn i ni agor tuniad o gynrhon 'te - a methu â'i gau o wedyn.'

Wedi cael sicrwydd na fyddai ei Weinidog yn ystod y gwasanaeth yn cyfeirio mewn unrhyw fodd at unrhyw fand, aeth William Howarth allan o'r tŷ yn yr un modd ag y daeth i mewn - wysg ei ochr. 'Dydd da i chi rŵan, Mistyr Thomas. Dydd da.'

*   *   *

Pan oedd Eilir yn nesáu at ddôr gefn 2 Llanw'r Môr clywodd gryn regi ac yna sŵn morthwyl yn waldio darnau o fetel. Edrychodd dros ben y ddôr i weld Jac Black ar ei ddeulin, yn llewys ei grys, yn oel ac yn barddu i gyd a darnau mân o gyfansoddiad y *Suzuki* wedi'u lluchio yma ac acw ar hyd a lled yr hances boced o goncrit a alwai Jac yn ardd gefn, fel petalau rhosod wedi noson o wynt.

''Dach chi'n o dda?'

'Damia!' ebe Jac, yn ei fraw. 'Pam gythra'l na ddeudwch chi bo' chi'n dŵad yn lle styrbio rhywun?'

''Ddrwg gin i. Trwsio'r moto beic 'dach chi?'

'Nagi.'

'O!'

'Trio clirio'i egsôst o.' Ac aeth Jac ar ei union at ei hoff bwnc trafod, ''Dydw i ddim yn meindio i blant yr Harbwr ga'l mymryn o sbort – do'n i ddim yn angal fy hun – ond pan ma' nhw'n ramio peli golff i fyny'r beipan ma' hynny'n fatar gwahanol.' Gyda help pwyso-ar-y-beic cododd o'i ddeulin. 'Welwch chi sgeilat y tŷ dros ffordd?'

'M . . . gwela',' a syllu ar ffenestr ddormer, yn uchel ar y to.

'Wel, pan rois i'r beic ar 'i stand bnawn ddoe, a thrio'i danio

94

fo, mi saethodd 'na bêl golff o'i din o ac yn syth i mewn drwy ffenast do'r tŷ 'cw.'

'Bobol!'

'Ond ma' 'na wydr newydd wedi'i osod yna rŵan. Ac ma' Llew Traed yn deud 'i bod hi'n beryg' iawn ma' fi fydd raid setlo'r bil, wrth ma' o 'ngardd gefn i y cychwynnodd yr ergyd.'

'Doedd Eilir byth yn sicr a oedd Jac Black yn dweud y gwir ai peidio. Roedd saga'r bêl golff yn bosibl, mae'n debyg, ond yn weddol annhebygol.

·   *   *   *

Gan i Jac Black fethu â thanio'r *Suzuki* anfonodd neges i'r Gweinidog gyda'r dyn llaeth – ar gefn amlen bil dŵr heb ei dalu. O'r herwydd, o dan y botel lefrith ar step y drws ffrynt y cafodd Eilir wybod bod y 'Gogoniant', chwedl Jac, wedi cyrraedd a bod brys am iddo alw.

'Cael nodyn gynnoch chi 'nes i, i ddeud bod ych cefndar wedi cyrraedd.'

'Hannar un,' cywirodd Jac am yrru'r berthynas ymhellach erbyn hyn.

'Fasa'n well i mi ga'l gair hefo fo 'ta? Cyn yr angladd.'

'Basa'.'

'Dyna ni,' ac agorodd y Gweinidog gliced y ddôr gefn.

''Tasa fo adra 'te.'

'O!'

'Mae o 'di picio i weld Howarth ac ma' Howarth, yn anffodus, wedi picio i nôl y merlyn ar gyfar y c'nebrwng. 'Ddylis i am funud ma' fo o'n i'n glywad yn brefu pan roesoch chi'ch pen dros y ddôr.'

'Y merlyn?'

'Howarth.'

'Mi ddo i yma eto 'ta,' awgrymodd y Gweinidog, yn sylweddoli cyn brinned oedd ei groeso, 'pan fydd Ikabod i mewn.'

'Ia, dowch yma unrhyw noson,' plediodd Jac, a'i groeso'n

cynhesu'n sydyn, 'ac mi fydd yn dda calon gin i ych gweld chi. Lle fydd y broblam.'

'Lle?'

'Mi wyddoch mor gyfyng ydi'r gegin s'gin i.'

'Ma' hi'n gul, ma'n rhaid cyfaddau,' atebodd y Gweinidog, ond yn gwybod hefyd bod llanast a adawai Jac ar ei ôl yn culhau'r nyth dryw o gegin fwy fyth.

'Pan fydd y 'Gogoniant' a finnau yn ista o bobtu'r tân, fin nos, ma'i benglinia' fo dan 'y ngheseiliau i. 'Dydi o'n horwth o beth mawr. Ac yn foel fel wy.'

'Ond mae o'n siarad mymryn o Gymraeg, debyg?'

'Yr un sill, hyd y gwn i.'

'Ers pryd mae o hefo chi 'ta?' yn synhwyro bod y berthynas rhwng y cefndryd yn datod o gwmpas ei godreuon.

'Deuddydd,' oedd yr ateb. 'Ond dau o rai hir ar y diawl.'

'Ar 'i fwyd 'i hun mae o?'

'Nagi. Yn anffodus. Y fo sy'n 'i nôl o, a finna' sy'n 'i ffrio fo. A 'dw i ddim wedi mentro holi eto pwy sy'n talu amdano fo, 'cofn iddo fo ddeud ma' fi. Mi eith drw' stecan o bîff, hyd 'y mraich i, i frecwast ac mi fasa' peth felly'n para i Cringoch a finnau am bythefnos.'

'Pam nad ewch chi â fo allan i'r 'Fleece' am amball i bryd?'

'Thwtsith o ddim diferyn.'

'Tewch chithau.'

'Mae o'n annuwiol o grefyddol. 'Dydi o, a'r neidar a finnau, yn ca'l cyfarfod gweddi hefo'n gilydd bob gyda'r nos, tua naw.'

'Neidar, ddeutsoch chi?'

''Sgynnoch chi ddigon o amsar i roi'ch pen heibio i'r cilbost, i chi ga'l gweld be' s'gin i mewn golwg?' Ac agorodd Jac Black gil drws i'r Gweinidog gael gweld drosto'i hun, 'Sgiwsiwch y llanast.'

Gan ei bod hi'n gegin bach mor dywyll ni allai Eilir, i ddechrau, weld dim anarferol. 'Ia?'

'Welwch chi be' sy' yn y caets gwydr 'na sy' ar y dresal?'

'Waw!' a neidiodd y Gweinidog ddau gam yn ôl a hanner

baglu ar draws darn o ecsôst y moto beic. 'Neidar 'di honna!'

'Dyna be' ddeudis i 'te.'

'Ac ma' hi'n fyw.'

'Fyw ar y diawl 'swn i'n ddeud yn ôl y nifar o gywion ieir ma' hi'n mynd drwyddyn nhw. A phan ddaw hi'n amsar c'warfod gweddi, ac ma' hynny ddwywaith yn dydd, ma'r 'Gogoniant' yn mynnu tynnu'r sarff allan o'r caets ac yna mae o'n gada'l iddi fynd yn dorchau am 'i wddw o.'

O'r diwedd, teimlodd y Gweinidog fod darnau o'r jig-so yn dechrau syrthio i'w lle ohonynt eu hunain, 'Felly, ma' hi'n amlwg fod Ikabod yn perthyn i un o'r sectau Americanaidd 'ma sy'n defnyddio nadro'dd mewn addoliad. 'Dydach chi ddim wedi digwydd 'i weld o'n yfad gwenwyn?'

'Ddim eto. Ond os bydd o ffansi glasiad, 'na i mo'i rwystro fo.'

'Ond ddaru o 'rioed ddŵad â hon drosodd hefo fo o'r Merica?'

'Be' wn i?'

'Mi fydda' hynny'n groes i'r gyfraith.'

Ond roedd gan Jac bryderon nes adref na hynny. 'Ofn s'gin i,' meddai â braw gwirioneddol yn ei lygaid, 'i'r sarff deimlo chwant bwyd gefn nos, pan fydda' i'n cysgu, ac agor y caead drosti'i hun a mynd i chwilio am beth.'

'Wel ia.'

'A pheth arall, 'dw' i wedi gorfod troi Cringoch druan dros y rhiniog.'

'Pam hynny?'

''Dydi'r 'Gogoniant' yn mynnu sodro y botal sy'n dal llwch 'i fam ar ben y caets gwydr. A'r noson gynta' y cyrhaeddon nhw, mi ffansiodd y cwrcyn neidar i swpar, fel newid, a dyma fo yn rhoi jymp, o'i sefyll, i ben y caets. Diawl, fuo 'Gogoniant' a finnau hefo brwsh a rhaw dân am ddwyawr yn trio ca'l llwch yr hen wraig yn ôl i'r botal.'

Unwaith eto, ni wyddai Eilir ai gwir y stori ai peidio na phle yn union roedd y ffin rhwng posibilrwydd ac annhebygolrwydd. Prysurodd i gyfeiriad y ddôr gefn, i guddio'i wên yn un peth, ac i fynd cyn belled oddi wrth y neidr â phosibl. Roedd gweld clamp o neidr wenwynig yn ymgordeddu o flaen ei lygaid yn codi crepach arno.

'Dyna fo, mi wela' i'r ddau ohonoch chi fory, yn y c'nebrwng.'

''S'gin i ond gobeithio bydd y band mewn tiwn,' meddai Jac pan oedd y Gweinidog yn cau'r ddôr o'i ôl, 'achos wedi i Oli Paent ga'l peint neu ddau i iro'i lwnc ŵyr o mo'r gwahaniaeth rhwng 'Gwŷr Harlach' a 'Bryniau Caersalem', na rhwng trombôn a'i grys isa o ran hynny. Hwyl i chi rŵan. A diolch i chi am alw.'

'Hwyl, Jac.'

*   *   *

I ddisgwyl i'r angladd gyrraedd, penderfynodd Eilir sefyll wrth ffenest siop y *Lingerie Womenswear*. O'r fan honno gallai gadw llygad ar y drofa ym mhen draw'r Stryd Fawr erbyn y byddai'r orymdaith yn rowndio'r gornel. Roedd y strydoedd yn ddu o bobl fel ar ddiwrnod carnifal a'r awyrgylch yn ddigon tebyg: siopwyr yn segur yn nrysau'u siopau ac amryw o drigolion y stryd dri chwarter allan o ffenestri'u llofftydd, i fod am y cyntaf i weld yr angladd a oedd ar gyrraedd. Wedi'r cwbl, roedd llun Ikabod Black wedi ymddangos ar dudalen flaen *Porth yr Aur Advertiser* a'r stori amdano'n cydfynd â damcaniaeth y Gweinidog yn ei gylch. Honnai iddo gael ei fagu ym mynyddoedd Tennessee, yn aelod selog o sect a gredai – yn unol ag addewid un adnod o'r Beibl – y gellid 'gafael mewn seirff' ac 'yfed gwenwyn marwol' heb niwed.

Yr unig un arall i sefyll wrth ffenest y *Lingerie Womenswear* y pnawn hwnnw oedd hen ŵr ar bwys ei ffon. Roedd y Gweinidog yn gynefin â'i weld yno – er na wyddai mo'i enw – gan amlaf yn rhythu'n wag drwy'r gwydr ar y gwahanol ddarnau mân o ddillad merched a hongiai yma ac acw ar frigau coeden gogio ac yn cwyno, bob amser, bod 'yr oes 'di newid'.

'Be sy' 'ma heddiw?' holodd. 'Ffair?'

'C'nebrwng.'

''Dydi'r oes 'di newid.'

Ar hynny, daeth yr angladd i'r golwg: Oliver Parry ar y blaen, yn amlwg wedi gor-iro'i lwnc yn y 'Fleece', yn lluchio'r baton rhwng ei goesau a thros ei ysgwydd gan ei ddal, wedyn, â'i geg – yn union fel petai'n arwain gwŷr yr Oren yn nhymor y gorymdeithio ym Melfast.

'Be' ydi hwn, deudwch?' gofynnodd yr hen ŵr. 'Mwnci 'di rhwymo?'

'Oliver Parry 'di o. Oli Paent.'

''Dydi'r oes 'di newid, deudwch.'

Wedi methu â chael gafael ar goets fawr roedd Howarth wedi gorfod bodloni ar wagen stesion o'r oes a fu ac wedi bachu merlyn broc mab yr hen Ifan Jones rhwng llorpiau honno. Ar ben y wagen roedd yna fainc capel wedi'i gosod, ac ar honno yr eisteddai Ikabod – mewn siwt olau a thei lliw cyfog – a'r wrn a ddaliai lwch ei ddiweddar fam ar ei arffed, a William Howarth wrth ei ochr, yn ei ddu trwm ac yn dynn yn yr awenau.

Yn annheg iawn, fel y tybiai Eilir, roedd Howarth wedi gorfodi Jac – y perthynas agosaf yn ôl yr wybodaeth brin a oedd ar gael – i reidio ar step tu cefn i'r wagen gyda rhaw dân yn ei law i garthu ar ôl y merlyn. Ond roedd hi'n anodd iawn i Jac weld pryd roedd angen am ei wasanaeth. Fel roedd y merlyn yn teilo, rhuthrai dwy neu dair o wragedd i'r stryd gyda'u rhawiau tân i chwipio'r tail a'i gario ymaith yn wrtaith i'w rhosod.

Serch y rubanau duon o bobtu'i lygaid, wrth basio cafodd y merlyn gip ar y llysiau tu allan i ffenest siop Moi Tatws. Safodd yn ei unfan, heb unrhyw orchymyn i wneud hynny, troi'i ben a chymryd cegaid o sbrowts. Cydiodd wedyn mewn cabatsien a dechrau'i chnoi. Daeth Moi allan o'i siop yn fwgan brain i gyd a dychrynodd y merlyn benthyg am ei einioes. Cychwynnodd ymaith ar drot. Ambell dro, pan oedd Band y Lleng Brydeinig fwy allan o diwn na'i gilydd, codai ar ei ddeutroed ôl yn y llorpiau a bygwth troi y wagen a'i chynnwys.

Aeth y trot yn garlam a dechreuodd popeth gyflymu, fel petai rhywun wedi pwyso botwm ymlaen-yn-gyflym ar fideocasét: aelodau'r band yn cerdded yn gyflymach, a chyflymach, ac yna yn torri allan i redeg; y ceffyl – oherwydd yr holl gynnwrf – yn teilo mwy a mwy; gwragedd, gyda'u rhawiau tân, yn rhuthro i mewn ac allan o'u tai fel petai nhw mewn ffilm gynnar, a Jac, druan, yn crogi wrth gaead y wagen, fel mwnci wrth frigyn, yn ei ymdrech i gadw'i draed ar y step.

Erbyn cyrraedd y *Lingerie Womenswear* roedd Howarth ar ei draed yn y drol, fel Gary Cooper yn *High Noon*, ac Ikabod yn cydio fel cranc yn yr wrn rhag ofn i'w fam fynd hefo'r gwynt.

'C'nebrwng ddeutsoch chi oedd gynnoch chi?' gofynnodd yr hen ŵr mewn syndod.

'Ia.'

''Dydi'r oes 'di newid.'

'Wel . . . ydi.'

'Yn gythreulig!'

Fu dim oedfa yn y Capel Sinc oherwydd i Howarth fethu'r tro i lawr at yr Harbwr. Ond yn ffodus, ychydig lathenni cyn cyrraedd at giât y fynwent gwelodd y merlyn broc Meri Morris, Llawr Dyrnu, hefo pwcedaid o ebran ar ei gyfer ac arhosodd yn y fan. Roedd y ceffyl yn nabod Meri, wedi bod yn pori yno yn ystod y gaeaf, a gwyddai am ei charedigrwydd at ddyn ac anifail.

Byr fu'r gwasanaeth yn y fynwent. Roedd Howarth yn awyddus i gael popeth drosodd cyn i'r merlyn gyrraedd gwaelod y bwced a phenderfynu cychwyn yn ôl heb Ikabod ac yntau.

Pan oedd Howarth yn tuchan mynd ar ei liniau i roi'r llwch yn y bedd sylwodd Eilir ar y garreg a oedd wedi'i thynnu oddi ar y bedd dros dro, a darllenodd yr hyn a ysgrifennwyd arni:

'Er serchog goffadwriaeth am Gwen Black merch y diweddar Ceridwen Black, 2 Llanw'r Môr, mam John (Jac) o'r un cyfeiriad . . .'

Ar amnaid Oliver Parry tarodd Band y Lleng Brydeinig y dôn *When the Saints Go Marching In*. Gyda chil ei lygaid, gwelodd Howarth y merlyn yn dechrau anesmwytho – wedi cyrraedd gwaelod y bwced, mae'n debyg – a bu raid i Ikabod ac yntau redeg nerth eu carnau am y wagen cyn i'r Gweinidog gyhoeddi'r fendith.

* * *

Ceinwen a aeth allan y bore hwnnw i nôl y botel lefrith. Daeth yn ei hôl yn llawer cynt nag yr aeth hi allan, heb y llefrith, a'i hwyneb yn bictiwr o fraw gwirioneddol.

'Eilir!'

'Ia?'

'Ma' 'na n-neidar ar step drws.'

'Taw,' heb lawn ddeffro. 'Dim ond llefrith ordris i.'

'Gwranda! 'Dw i'n deud y gwir wrthat ti. Clamp o beth hir, g'lyb yr olwg.'

'Ond ma' nadro'dd, fel rheol, yn cysgu ym mis Tachwedd?'

'Ma' hon yn gwbl effro beth bynnag. Dos i'r drws, i ti ga'l gweld drostat dy hun, achos 'da i ddim ar gyfyl y lle eto,' a thynnodd Ceinwen ei gŵn nos yn dynnach amdani, yn ddiogelwch pellach.

Wedi gweld drosto'i hun daeth y Gweinidog yn ôl i'r gegin ar fwy cyflymdra, os beth, na'i wraig. ''Ti'n deud calon y gwir, Cein. A 'rydw i'n 'nabod y neidar.'

'Nabod hi?'

'Os 'dw i'n iawn, honna fydda' Ikabod yn 'i fwytho pan fydda Jac ac yntau yn ca'l cwrdd gweddi hefo'i gilydd.'

'Ych â fi,' a'i gwaed yn fferru wrth feddwl am neb yn mwytho'r fath beth. 'Well i ti ddŵad â hi i mewn 'ta, os ma'r Ikabod hwnnw piau hi.'

'I mewn?'

'Mi fydd hi 'di marw yn fan'na bydd, yn yr oerni.'

'Nid fy nghyfrifoldeb i ydi hynny,' ebe'i gŵr, yn teimlo fel hithau dros y neidr ond am osgoi'i handlo hi os oedd hynny'n bosibl. 'Ac wedi imi ddŵad â hi i mewn, be' 'tasa hi'n dengid o'r caets, a . . . a mynd o dan loriau'r tŷ 'ma, a cha'l lot o gywion bach. Be' ddôi ohonon ni wedyn?'

'Ma' gin ti bwynt, ma'n debyg.'

'A 'taswn i'n dŵad â hi i mewn, ble rho' i hi?'

'Stydi? Gei di 'i nôl hi, yli, pan fydda' i yn berwi'r tegell.'

'Fi!'

'Wel. Ti ddeudodd dy fod ti'n 'i nabod hi.'

Wedi rhoi caets y neidr ar y ddesg yn y stydi, a nôl y peint llaeth o'r trothwy, daeth Eilir drwodd i'r gegin gyda'r botel lefrith yn un llaw a thamaid o bapur, crychlyd iawn yr olwg, yn y llaw arall, 'Boi llaeth wedi gada'l hwn i ti.'

'Be' 'di o?'

'Llythyr serch, bosib'.'

'Darllan o imi 'ta.'

Daliodd y Gweinidog y darn papur i fyny i'r golau, 'Sgwennu Jac Black ydi hwn – nid un y dyn llefrith.'

'Biti.'

Gan na ddysgodd Jac erioed sut i sillafu'n gywir a bod yr atalnodi ar hap, bu'n rhaid i Eilir graffu'n hir i gael y neges yn llawn, 'Deud mae o . . . bod y 'Gogoniant' wedi cilio.'

'Y?'

'Mewn geiriau er'ill, deud bod Ikabod wedi mynd – heb 'i neidar. A'i fod am i mi 'i cha'l hi, yn rhodd, am fy nhraffarth . . . O ia, mae o'n anfon 'i gofion atat ti.'

'Y cena' iddo fo!'

'Eilir!' ebe Ceinwen, a'r ddau erbyn hyn wrth y bwrdd brecwast, ''Ti'n meddwl bod y neidar 'na isio bwyd?'

''Swn i'n meddwl. Lle tlawd iawn am fwyd i neb ydi cartra Jac Black, fel y gwyddost ti.'

'Fasa' dim gwell i ti roi dipyn o fara llefrith iddi 'ta?'

'Bara llefrith?' Cerddodd ias i lawr meingefn y Gweinidog

102

wrth ddychmygu'r fath orchwyl, 'Be'? Hefo llwy de? Mi 'na i, os 'nei di ddal i cheg hi'n 'gorad i mi.'

'Da i ddim ar 'i chyfyl hi.'

'Heblaw, cywion ieir ma' hi'n f'yta, yn ôl Jac – nid bara llefrith.'

'Cywion ieir! Mynd â hi'n ôl i dŷ Jac Black f'aswn i 'ta.'

'Ond mi geith niwmonia yn fan'no, yn saff i ti.'

Ceinwen a gafodd y weledigaeth, 'Eil, wyddost ti y Lloches i anifeiliaid sy' tu cefn i'r hen stesion?'

Flwyddyn ynghynt roedd y ddau wedi cael rhodd o barot, *African Gray*, drwy ewyllys Camelia Peters – chwaer yng nghyfraith William Howarth – a chan fod Ceinwen fwy o ofn adar nag oedd hi o ofn nadroedd bu'n rhaid ceisio gwthio hwnnw ar rywun arall cyn iddo gael cyfle i setlo. Cyn i Shamus Mulligan ddod i'r adwy, a'i brynu'n offrwm penblwydd i'w wraig, ceisiodd Eilir gael clwyd iddo yn y Lloches i anifeiliaid. Y ferch a atebodd y ffôn y pnawn hwnnw – Troscïad o ran ei gwleidyddiaeth ac agnostig cenhadol – oedd un o'r rhai ffieiddiaf ei thafod y bu iddo geisio torri gair â hi erioed.

'Ond, Ceinwen, mi gofi'r ferch honno atebodd y ffôn?'

'Dyna fo 'ta', atebodd ei wraig yn sorllyd, 'os nad wyt ti'n fodlon ffonio, mi gei di aros yma hefo'r neidar ac mi a' innau i gysgu at rywun arall.'

'At bwy?'

'Wel . . . be' am Jac Black?'

'A'i i ffonio'r eiliad 'ma!'

*   *   *

'A pha anifail sydd gynnoch chi ar ein cyfer ni y tro yma, Mistyr . . . m . . . Thomas?'

'Neidar.'

Clywodd y Gweinidog ochenaid flin yn cael ei gollwng ym mhen arall y lein, 'Ac mi fyddwch yn deud nesa', Mistyr . . . m . . . Thomas, bod babis yn tyfu ar goed cwsberis!'

'Bydda' . . . m . . . na fydda'.'

'Mi ofynna' i'r cwestiwn, unwaith eto; yn ara'. Cymw'ch chithau ddigon o hamdden cyn ateb. A pha anifail sydd gynnoch chi ar ein cyfer ni y tro hwn, Mistyr . . . m . . . Thomas?'

'Neidar. Ma' gin i un neidar.'

'Reit. Mae gynnoch chi un neidr,' tanlinellodd gan fwydo'r wybodaeth i'w chyfrifiadur yr un pryd. 'Un fyw, Mistyr . . . m . . . Thomas?'

'Byw iawn,' atebodd y Gweinidog yn gweld y neidr wedi rhoi 'i chôt ucha' amdani ac yn paratoi i fynd allan i chwilio am gyw iâr i frecwast.

'Dyna ni. Deudwch i mi, Mistyr . . . m . . . Thomas, benyw 'ta gwryw?'

'Y fi, felly?'

Bu saib. Roedd ffiws y ferch ym mhen arall y ffôn yn dechrau breuo. 'Mi rydw' i'n cymryd mai benyw ydach **chi**, Mistyr Thomas.'

'Ia.'

'Be?'

'N-nagi, gwrw,' rhuthrodd y Gweinidog, wedi panicio am funud ac yn cymysgu'i rywogaeth ei hun. 'Na, gwrw ydw i.'

'Jôc, Mistyr . . . m . . . Thomas. Jôc!'

'O! Deudwch chi.'

'Felly, ga'i ofyn eto, a gofyn yn araf, mae gynnoch chi un neidr?'

'Oes'.

'Un fyw?'

'Eithriadol felly,' wrth sylwi bod honno, erbyn hyn, wedi rhoi'i chôt law yn ogystal ac yn chwilio am ei welingtons.

'Reit. Deudwch i mi, yn eich geiriau eich hun. Ai benyw 'ta gwryw ydi'r neidr s'gynnoch chi o dan eich gofal?'

''Does neb wedi deud p'run wrtha' i,' atebodd y Gweinidog, wedi cael llond bol ar y sgwrs mynd i unman, 'a fedra' i ddim mentro'i harchwilio hi.'

104

'Mi ddeudwn ni 'unrhyw', felly,' a waldio'r bysellfwrdd yn ei thymer. 'A'r enw?'

'Eilir . . . Eilir Thomas.'

Aeth y ffiws fer yn shitrws, 'Mae yna amser i bopeth, Mistyr . . . m . . . Thomas, fel mae'r Beibl yna s'gynnoch chi'n deud. Amser i fod o ddifri' ydi hi ar hyn o bryd. Enw'r neidr, Mistyr . . . m . . . Thomas?'

Penderfynodd ddisgyn ar yr ateb cyntaf a ddeuai heibio iddo, 'Jac.'

'Swynol iawn wir,' ebe hithau, yn meddalu cryn dipyn. 'Enw deuryw. A'r cyfenw?'

'Y neidar 'dach chi'n feddwl?' holodd y Gweinidog wedi blotio'i lyfr unwaith ac ofn gwneud hynny am yr eildro.

'Ia. Os nad oes gynnoch chi grocodeil ar ein cyfer ni, yn ogystal!'

'Black.'

Aeth y ferch i dalar perlewyg, 'Jac . . . Black! Yr un enw'n union â chomred i mi, un fydd yn cydyfed â mi, yn gyson, wrth far y 'Fleece'. Wel wel, Jac . . . Black! A'r brîd, Mistyr . . . m . . . Thomas?'

'Ma' nhw'n deud ma' sipsi oedd taid Jac . . .'

'Y neidr, Mistyr Thomas, y neidr.'

'Wel, rwbath wedi dŵad yma o'r Merica ydi hi. Ac yn awyddus i fynd yn ôl yno cyn gynted â phosib', 'swn i'n ddeud,' wrth weld y neidr yn ymdrechu i godi caead y caets â'i chefn.

'A rhif y drwydded?'

'Trwydded?'

'Mistyr . . . m . . . Thomas, ga' i egluro i chi, mor gryno ag y medra' i, fedrwch chi ddim mewnforio nadroedd heb drwydded.'

''S'gin i ddim byd felly, ma' gin i ofn.'

'Peidio â deud gair ymhellach sy' orau i chi, Mistyr . . . m . . . Thomas,' ac erbyn hyn roedd ias o orfoledd yn y llais, 'fe allai hynny fod yn dystiolaeth bellach yn eich erbyn chi. O hyn ymlaen, mi wna' i'r ychydig siarad fydd yn angenrheidiol.'

'Reit.'

'Mi drefna' i un o'n swyddogion ni i alw hefo chi, i gasglu'r neidr, ac i egluro i chi pryd y bydd yr achos yn eich erbyn chi yn debyg o gyrraedd y llysoedd.'

'Hannar munud, nid fi . . .'

'Bore da, Mistyr . . . m . . . Thomas. Bore da!' a rhoi'r ffôn i lawr gyda blas.

'Ceinwen!'

*   *   *

Serch y bygwth, ddaeth yr un wŷs i'r Gweinidog i sefyll o flaen ei well ond cerddodd y stori am Ikabod Black a'r neidr ymhell o Borth yr Aur. Dechreuodd y wasg a'r cyfryngau wersylla ar hyd a lled y dre ac yn arbennig felly wrth ddrws ffrynt, prin ei baent, Jac yn 2 Llanw'r Môr. Ymddangosodd llun Jac yn amryw o bapurau Lloegr: 'Jac y llongwr' (yn ei gwch, ond yn rhwyfo i unman); 'Jac cyfaill y plant' (i'r gwrthwyneb, ond bod rhai o ddisgynyddion Cwini Lewis wedi gwthio'u hunain i'r cefndir ac yn gwneud arwyddion annymunol i'r camera); 'Jac a'i gath' (wedi'i phatrymu ar chwedl am Dick Whittington a'i gath yntau); 'Jac iechyd da' (Jac ar stôl drithroed wrth far y 'Fleece' ac Oli Paent a'r Cwnstabl Carrington – yn anffodus, braidd – yn codi gwydrau'u dymuniadau da iddo) a sawl snap arall. Un o'r lluniau mwyaf cofiadwy oedd hwnnw yn y *News of the World* o William Howarth ar gefn y merlyn broc.

Marw wnaeth yr hanes gydag amser. Ond ddaru amser, hyd yn oed, ddim clymu'r pennau llinynnau i gyd. Oedd gan Gwen Black hanner chwaer ac, os oedd, fu hithau, fel ei hanner chwaer, tu ôl i'r Cwt Band? Oedd Ikabod wedi'i fagu ym mynydd-dir Tennessee, ac os oedd o, oedd o'n hanner cefnder i Jac Black? A gweddillion pwy, os gweddillion rhywun o gwbl, roddwyd i orffwys ym medd y teulu ym mynwent Porth yr Aur? Barn William Howarth oedd ei bod hi'n 'anodd deud' ond y deuai 'pethau'n gliriach yn y man'.

5. *O BORTH YR AUR I EIRAMANGO*

'E'lla bydda' Lisi 'cw yn fodlon sgwennu drama,' awgrymodd John Wyn, ''tasa rhywun yn gofyn iddi. A rhai ohonoch chi, wedyn, yn 'i pherfformio hi.' Bu tawelwch am foment. 'Dyna fo 'ta,' ebe'r Ysgrifennydd, heb oedi i ddisgwyl ateb, 'cyn bellad ag rydw' i yn y cwestiwn, geith pawb 'neud dŵr lle mynnith o.'

Mynydd tân oedd Ysgrifennydd Capel y Cei yn ffrwydro ar y symudiad lleiaf ond un a chanddo galon gynnes fel pob llosgfynydd o ran hynny.

'Na, na, 'dydi hyn'na ddim yn deg,' apeliodd y Gweinidog. 'Rhaid ichi roi munud ne' ddau i'r angor gyrraedd y gwaelod. 'Does yna ddim cwmni drama wedi bod yn yr eglwys yma ers blynyddoedd, ac ma' pawb ohonon ni angan amsar i feddwl am yr awgrym.'

Roedd Pwyllgor Adeiladau'r Capel – a gynhwysai

Flaenoriaid yr eglwys a hanner dwsin o'r llawr – yn trafod cynlluniau gorfodol i gwrdd â gofynion deddf newydd ynglŷn ag iechyd a diogelwch yr aelodau a'r cyhoedd ond pan eglurodd y Gweinidog fod toiled newydd yn un o'r angenrheidiau fe'i taflwyd i'r llewod.

'I be' ma' isio toilet newydd?' holodd Meri Morris, a gredai mewn clytio'r hen. (Yn amlach na pheidio, hen wlâu haearn â'u sbrings wedi colli'u tensiwn oedd adwyon ffermydd Meri Morris a Dwalad ei gŵr, ac roedd yno sawl hen ffrâm beic wedi rhydu yn cau bylchau.) ''Dydi'r un s'gynnon ni yng nghefn y Tŷ Capel yn g'neud 'i waith yn burion.'

'Ond un bwcad s'gynnoch chi yn fan'no, i ddynion a merchaid,' ebe William Howarth, yr Ymgymerwr, yn gweld synnwyr yn awgrym y Gweinidog, ond yn gosod y peth fymryn yn amrwd. 'A hyd y gwn i, 'does yna ddim clo ar y cwt.' (Ac roedd bod yn 'breifat' yn bwysig ryfeddol yng ngolwg Howarth ar bob achlysur.) 'A pheth arall, 'does 'no byth bapur.'

'Ac mae o dipyn yn bell,' ychwanegodd Fred Phillips, yr adeiladydd, yn ffroeni cyfle i godi adeilad newydd, 'yn enwedig 'tasa rhywun ar dipyn o hast.'

Yn anffodus, bu hyn i gyd yn sbardun i Ifan Jones, yr hen ffarmwr, i gofio am amgylchiadau cyntefig ei blentyndod yn ardal lom Horeb y Mynydd. ''Doedd 'na ddim sôn am ddim byd felly yn y capeli pan o'n i'n byw yn y wlad. Mynd dros clawdd bydda' rhywun – yn nechrau'r oedfa ne' ar 'i diwadd hi – a chwilio am lwyn eithin i fynd ar ych cwrcwd tu cefn iddo fo.'

'Ond be' am y merchaid?' holodd Dwynwen, yr ieuengaf o'r Blaenoriaid, wedi'i magu mewn oes wahanol ac yn ffieiddio at y syniad.

'O! fydda' rheini tu cefn i lwyn eithin arall,' ebe'r hen ŵr heb droi blewyn. 'Ond mi fydda' pawb ohonon, yn ddynion a merchaid, yn gofalu bod gynnon ni dudalan o'r *Goleuad* . . .'

Penderfynodd y Gweinidog ei bod hi'n bryd i roi taw ar

atgofion Ifan Jones, cyn iddo ddechrau tynnu amdano'n gyhoeddus ond daeth Cecil Siswrn i'r adwy a siarad drosto, '*Farmer* Jones, cariad,' brathodd Cecil, yn gwasgu pob cytsain yn shwrwd, '*how primitive!* Ddyla' bod y Capal wedi gofalu am *Wet Wipes* i chi.'

Wedi llwyddo i lusgo Ifan Jones o du ôl i'r llwyn eithin, aeth y Gweinidog yn ôl at John Wyn a'i awgrym. 'Deudwch i mi, Mistyr Wyn, sut ddrama s'gin Musus Wyn mewn golwg?'

'Trajiedi.'

'O?'

''Newch chi faddau i mi,' meddai Owen Gillespie, y duwiolaf a'r mwyaf uniongred o'r Blaenoriaid, 'ond fedra' i ddim cefnogi'r syniad o ddrama yn y festri. 'Tasach chi'n meddwl am Gyfarfod Pregethu ne' bellu, i geisio codi arian i ni ga'l toilet, yna mi fyddwn i'n fwy na chefnogol.'

Byth wedi'i dröedigaeth lachar o dan weinidogaeth Byddin yr Iachawdwriaeth ac yntau'n brentis saer yn Bootle roedd unrhyw weithgarwch ar wahân i'r addoliad arferol yn anathema i Gillespie. Ond serch ei werthoedd Fictorianaidd 'doedd yna neb a berchid yn fwy yng Nghapel y Cei.

'Diolch i chi am eich gonestrwydd, Owen Gillespie. Ond hwyrach y bydda' Mistyr Wyn yn fodlon manylu mwy ar natur y ddrama s'gin i wraig o mewn golwg, i ni geisio dŵad i benderfyniad.'

'Wel, mi ddeuda' i wrthach chi. Ma' Lisi 'cw ers misoedd 'di bod yn berwi'i phen hefo rhyw William Price, dyn o'r capal 'ma, aeth yn genhadwr i'r gwledydd pell 'na.'

'William Price, Pen Doman,' eglurodd Dyddgu, y mwyaf diwylliedig ohonynt. 'Tyddyn ar gyrion y dre 'ma oedd Pen Doman ond 'dydi o ddim yn sefyll erbyn hyn. Torrwr beddau oedd o yn nyddiau'i ieuenctid, ac ymladdwr heb 'i debyg, ond mi gafodd dröedigaeth sydyn, a phenderfynu mynd allan i Ynys Eiramango yn genhadwr.'

'Lle ma' lle felly?' holodd Fred Phillips, a'i ddaearyddiaeth dramor yn gyfyngedig i'r Costa del Sol a Lanzarote. 'Yn ochrau Caerdydd 'na?'

'Ar arfodir Affrica', meddai Dyddgu wedyn. 'Er na wn i fawr ddim byd am y lle, na be' ddigwyddodd i William Price wedi iddo fo gyrraedd yno.'

'Fasach yn synnu,' awgrymodd John Wyn. 'Ma' Lisi 'cw 'di bod yn llythyru hefo un o'r brodorion. Na, ma' hi'n stori darith ddeuddag, yn saff i chi. Un dynnith bobol ifanc yno wrth y lluoedd.' Yna, cafodd fymryn o draed oer, 'Ond 'dwn i ddim fydd y ddrama yn ffit i blant 'i gweld hi 'chwaith'.

Wedi deall awgrym John Wyn y byddai hi'n ddrama â thipyn o gig coch ynddi roedd amryw o aelodau'r Pwyllgor yn awyddus i weld ei pherfformio rhag blaen.

'Cynnig ein bod ni'n llwyfannu'r ddrama cyn gyntad â phosib',' ebe Fred Phillips, Plas Coch, 'yn un peth mi fasa'n byrhau'r gaea' i ni.'

'Eilio,' ychwanegodd Hopkins y Banc, 'mi fydd yn gyfla i ni dorri tir newydd.' Ac roedd Hopkins fel tiwn-gron yn apelio'n gyson am 'dorri tir newydd' – er nad oedd ganddo yntau, mwy na gweddill aelodau'r Pwyllgor – y syniad lleiaf sut i yrru'r swch i'r pridd.

Wedi llosgi'i fysedd sawl tro o'r blaen, gwyddai'r Gweinidog mai gwell oedd bwrw'r draul cyn dechrau codi unrhyw dŵr, 'Mi hoffwn i petaem ni'n meddwl mwy am awgrym gwerthfawr Mistyr Wyn cyn ein bod ni'n pleidleisio ar y matar. Cael gw'bod mwy am gynnwys y ddrama, a nifer yr actorion fydd yn angenrheidiol. 'Dydi llwyfannu drama, o dan unrhyw amodau, ddim yn waith hawdd.'

'Doedd Eilir ddim yn amau adnoddau Elisabeth Ambrose, gwraig John Wyn, i greu darn o lenyddiaeth, na manylder y deunydd a fyddai ganddi at ei llaw. Ers iddi ddychwelyd i Borth yr Aur, ei thref enedigol – wedi ymddeol o fod yn Brifathrawes ysgol breifat i ferched ar gyrion Kidderminster – bu tyrchu i hanes lleol yn fwyd ac yn ddiod iddi. Yr hyn a achosai bryder i'r Gweinidog, fodd bynnag, oedd maint dawn Elisabeth Ambrose i ysgrifennu drama, ac arddull y ddrama honno wedi iddi gael ei hysgrifennu. Er ei dyddiau yn y Brifysgol, gwaith Cynfeirdd y chweched ganrif, yn arbennig felly y Gododdin, fu ei diddordeb mawr; cymaint felly nes iddi alw clap o becinî miniog ei ddannedd yn Aneirin, o barch i'r bardd – er i John Wyn gredu am flynyddoedd mai ar ôl gŵr i gyfnither iddo ym Mhen Llŷn y'i bedyddiwyd felly.

'Ma' hi'n bwysig bod y ddrama wedi'i hysgrifennu'n gyfoes, a'r ddeialog yn ystwyth. Iaith bob dydd, felly.'

'A dim *S4C Welsh*, Mistyr Wyn, cariad,' ychwanegodd Cecil, '*I just can't stand it.*'

Dechreuodd y mynydd tân ffrwtian unwaith yn rhagor, 'Ond sut medar Lisi 'cw sgwennu drama am bobol yn byw ddoe, a nhwtha'n siarad fel 'tasan nhw'n byw heddiw?' Bu ffrwydrad. 'Dyna fo 'ta, mi geith Lisi roi'r ddrama ar tân, ac fel y deudis i'n gynharach, mi geith pawb 'neud dŵr lle bynnag y gwelith o le.'

Wedi darbwyllo John Wyn fod yna ffordd ganol ar gael i bob dramodydd – math o iaith a fyddai'n dal lliw y cyfnod ond yn gwbl ddealladwy i gynulleidfa heddiw – aeth y Gweinidog ymlaen i drafod yr actorion, 'Faint o actorion fydd yn angenrheidiol, Mistyr Wyn?'

'Anodd iawn i mi ddeud, achos 'dydi Lisi ddim wedi cydio mewn pensal eto.'

'Anodd iawn iddi roi drama felly ar y tân,' awgrymodd Meri Morris, yn taflu weipan ddigon bront, 'a hithau heb 'i sgwennu hi eto!'

Unig ymateb John Wyn oedd ysgyrnygu drwy'i ddannedd, fel llewpart a rhywun ar ddwyn ei ginio Sul.

'Dowch i mi ofyn fel hyn 'ta,' ebe'r Gweinidog, yn prysur ddod i ben ei dennyn, 'faint o actorion fedrwn ni ricriwtio o blith ein haelodau? Fedrwn ni ga'l hannar dwsin, deudwch? Ac mi fydda' angan penodi rhywun i gynhyrchu'r gwaith – pan fydd o'n barod.'

Rhoddodd Cecil Humphries ei law i fyny, fel petai o'n ddisgybl mewn ysgol ac am gael ei esgusodi.

'Ia, Cecil?'

''Na i, *if I may*, folyntirio i fod yn *producer*. Ac mi gewch chithau, siwgr,' a phwyntio at y Gweinidog, 'roi *hand* i mi.'

Cododd coedwig fechan o ddwylo i'r awyr, pob un yn falch ryfeddol o gael taflu'r baich ar ysgwyddau rhywun arall; cododd y Gweinidog ei law i geisio atal y gymeradwyaeth. 'Na, 'na i ddim bod yn llaw dde i'r un cynhyrchydd. Ond 'dw i'n ddigon parod i fod tu ôl i'r llenni, yn codi ac yn estyn, pan ddaw y noson.'

Gwenodd Cecil wên llawn cariad ar ei Weinidog a dweud yn addfwyn, 'Mi 'na i, cariad, gym'yd y *responsibility. And you, dear, can hold my hand.'*

'Ma' gin innau flys cynnig enw actor,' ebe Howarth, o gefn yr ystafell, nes rhyfeddu pawb.

'Pwy sy' gynnoch chi mewn golwg, felly, Mistyr Howarth?'

'Jac. Jac Black.'

'Y?' anghrediniol, o sawl cyfeiriad.

'Jac Black!' meddai'r Gweinidog a'i lais yn codi. 'Ond 'dydi o ddim yn aelod, a chlw'is i 'rioed fod gin Jac ddawn i actio. Wel, ddim ar lwyfan.'

''I bersonoliaeth o,' eglurodd Howarth, yn bwysig, 'hwnnw fydd o werth i'r ddrama yma, yn fwy felly na'i ddawn o fel actor.'

'Fedrwch chi egluro ymhellach i ni 'ta be'n union s'gynnoch chi mewn golwg?' holodd y Gweinidog.

'Wel, os dallti's i yn iawn, ma' rhan o'r ddrama 'ma i ddigwydd mewn gwlad dramor, yn Eilo Man.'

'Eiramango,' cywirodd Dwynwen. 'Dim Eilo Man.'

'Rasus moto-beics sy'n fan'no,' ychwanegodd Clifford Williams, Garej Glanwern – Cliff Pwmp i'w ffrindiau – a'r drafodaeth, bellach, wedi dod yn nes i'w fyd ac yntau'n falch o gael cyfle i gyfrannu at y drafodaeth.

'Os felly, ma' 'nghynnig i'n fwy perthnasol fyth,' ychwanegodd William Howarth. 'Os ma' yn fan'no y bydd y cenhadwr 'ma'n pregethu, yna mi fydd isio dipyn o bobol

112

dduon i wrando arno fo. A Jac ydi'r t'wlla'i groen o bawb ohonon ni, hyd yn oed pan fydd o wedi molchi dipyn. Ma' 'na ryw sôn ma' sipsi oedd 'i hen nain o.' (Yn dal yn gwbl ddiarth, o hyd, i'r cydgord fu rhwng ei dad, Robin Llechan Las, a mam Jac Black tu ôl i'r Cwt Band.)

Penderfynodd y Gweinidog ddilyn cyngor *Llyfr y Diarhebion* a pheidio ag 'ateb yr ynfyd yn ôl ei ynfydrwydd'. Os oedd Jac yn giamster ar gofio enwau y ceffylau a redai yn Epsom neu yn Wincanton go brin y llwyddai i ddysgu part mewn drama genhadol.

'Mi adawn ni'r awgrym yna ar y bwrdd am eiliad. Pwy arall ohonoch chi fydda'n fodlon actio yn y ddrama 'ma?'

Cododd Meri Morris a Fred Phillips eu dwylo, yna Howarth a dwy neu dair o ferched a eisteddai yn y cefn.

'Diolch i chi. Ond mi fydd angan rhywun i actio'r cenhadwr 'ma aeth i Eilo . . . m . . . i Eiramango,' ac roedd hyd yn oed daearyddiaeth Llywydd y Pwyllgor yn mynd yn gwlwm-gwlwm wedi i Howarth ddechrau cawlio pethau.

Dyna'r foment anhygoel pan gododd Owen Gillespie ar ei draed, yn chwe troedfedd main o foneddigeiddrwydd pur – yn ddyn wedi newid cwch ynghanol yr afon. 'Wedi i mi ga'l cyfle i fyfyrio uwchben y peth a gweddïo dros y matar, ma' hi'n fwy na thebyg y byddwn **i** yn barod i gymeryd rhan y cenhadwr.' Daliodd pawb eu gwynt. 'Bod yn genhadwr ydi fy awydd mawr i wedi bod byth er i mi weld y golau yn Bootle. Ac os ma' drama am genhadwr ydi hon, fel ma' Mistyr Wyn wedi bod mor garedig ag egluro i ni, hwyrach y bydda' fo'n gyfle i mi gael ailfyw gwefr fy nghariad cynta', fel petai, a bod o ryw fudd i gael toilet newydd i'r Capal.'

Bu tawelwch annifyr. Y Pwyllgorwyr wedi cael sioc heb ei ddisgwyl a'r Gweinidog ofn sarnu ar amcanion cwbl ddidwyll Owen Gillespie, ond, yr un pryd, yn gweld sawl camfa anodd i'w chroesi.

'Mi rydan ni'n gwerthfawrogi parodrwydd Mistyr Gillespie i gym'yd rhan yn y ddrama. O ran 'i ysbryd, alla 'i ddim meddwl am neb a fydda'n medru actio rhan cenhadwr yn well nag o. Ond os ydw i yn iawn, ac mi all Dyddgu fy nghywiro i, dyn dipyn 'fengach fydda'r William Price 'ma, pan aeth o allan i'r maes cenhadol.'

'Newydd droi 'i un ar hugain oed oedd o ar y pryd.'

'Awgrymu,' ebe Fred Phillips, wedi cael llawn digon ar y Pwyllgor ac yn awyddus i fynd ymlaen i un o ffynhonnau Porth yr Aur am yr *aqua-vitae*, 'awgrymu'n bod ni yn chwilio am genhadwr arall . . . a . . . a'n bod ni'n g'neud Gillespie 'ma yn ddyn tywyll 'i groen, a'n bod ni'n chwilio am ddrwm iddo fo – wrth 'i fod o wedi bod hefo'r Salfesion – iddo fo ga'l 'i guro fo pan fydd y cenhadwr yn landio.'

'Cenhadwr, ne' ddim,' meddai Owen Gillespie, yn dawel, gadarn ac yn dal ar ei draed.

'Ond fydd raid i ni eich ca'l chi i edrach fymryn yn 'fengach,' awgrymodd y Llywydd wedyn, yn cerdded ar wyau, 'i'r cymeriad fod yn gredadwy. Ond 'dwn i ddim sut y medrwn ni 'neud hynny 'chwaith.'

'Mistyr Thomas, cariad, 'ofala' i am y *make-up, as well. Just leave it to Cecil.*'

Y frawddeg broffwydol honno a ddaeth â'r Pwyllgor i ben; brawddeg y bu'r Gweinidog a'i wraig yn ei chofio, gyda gofid, am amser hir.

* * *

'Ond ma'r peth yn wallgo. Fedra' i ddim mynd ar lwyfan ac actio stwff fel'ma.'

'Pam, Ceinwen?'

''Ti 'di darllan y ddrama?'

'Naddo. Ond roedd John Wyn yn deud 'i bod hi'n ddrama afaelgar iawn,' a chuddio'i ddireidi tu ôl i bapur newydd.

'Gafaelgar! Pornograffig, 'swn i'n ddeud. 'Dwn i ddim o ble cafodd Lisabeth Ambrose, yn 'i hoed hi, ddigon o nwydau i sgwennu'r fath sothach. Ma' hi wedi rhoi i lawr, gyferbyn ag un o'r rhannau sy' ar gyfer Owen Gillespie a finnau, a hynny mewn llythrennau breision – "Caru Egnïol". Ac yn nes ymlaen – "Ymgofleidio trachwantus". 'Da i ddim i'r ymarferion eto, ddim am bensiwn.'

'Pam?'

'Mi fydd ymgofleidio hefo Gillespie yn act chwech – er dyn mor dda ydi o – fel gafa'l am bolyn lamp. A'r un mor ddi-blesar.'

'Ond dy fai di oedd o, Cein.'

'Fy mai i oedd be'? Dim fi sgwennodd y ddrama.'

'Na. Ond chdi gytunodd i actio yn'i hi.'

'Pa ddewis oedd gin i, â mhen i o dan y bwcad 'na yn y Siswrn Cecil *Scissors*, a'r Tebot Pinc yn dawnsio o 'mlaen i, fel cath ar do sinc poeth, ac yn cynnig dau byrm am bris un i mi. Fedrwn i ddim ca'l 'y ngwynt, heb sôn am atab.'

'Mi fedrat fod wedi deud 'na', wedi i ti godi dy ben o'r bwcad.'

'Medrwn. Ond, yn anffodus,'nes i ddim.'

'Pan gyll y call . . .'

O weld wyneb ei wraig, penderfynodd Eilir adael y ddihareb ar ei hanner. Anaml y byddai Ceinwen yn llosgi'i bysedd gyda dim. Hi, fel rheol, oedd yr un a fyddai'n mesur ddwywaith er mwyn cael torri unwaith, a'i gŵr yn rhoi'i droed ynddi bob yn ail â pheidio. Ond y tro hwn Eilir oedd â'i draed ar dir sych.

'Pa ran s'gin ti 'ta?' serch y gwyddai hynny.

'Lolola.'

'Lolola. Enw anodd i' ddeud.'

'Wn i. Ma' Gillespie, druan, wedi iddo fo syrthio mewn cariad hefo mi, yn gorfod tynnu'i ddannadd gosod i fedru mynd rownd y gair. Lolola ydi merch Pennaeth Eiramango a Bolola 'di enw hwnnw. A hi sy'n gyrru y Cenhadwr ar gyfeiliorn.'

'Pwy sy'n actio rhan y Pennaeth 'ta?'

'Jac.'

'Be'? Jac Black?'

'Ia. Ond 'dydi o ddim yn gorfod deud dim. Dim ond ista ar

'i orsadd, a thorri pen unrhyw druan ddaw o fewn cyrra'dd llafn 'i gleddyf o. Y fo ydi'r actor gora' ohonon ni i gyd a deud y gwir. Ma' isio insiwrans ychwanegol i fynd ar 'i gyfyl o.'

'Ro'n i'n dallt bod Phillips, Plas Coch, yn y cast.'

'Dim ond cameo bach s'gynno fo, yn yr ail act. Y fo ydi pencampwr bocsio Porth yr Aur yn yr oes a fu, hyd nes i'r William Price 'ma, yn 'i fedd-dod, cyn 'i dröedigaeth, 'i lorio fo. Ond fel roedd pethau'n mynd neithiwr, Phillips fydd 'di llorio Gillespie. Roedd y cenhadwr yn gofyn caniatâd Phillips i ga'l rhoi slap iddo fo, ac yna'n ymddiheuro'n syth wedyn am iddo fo orfod g'neud hynny.'

'Sut aeth yr ymarfar neithiwr 'ta?'

'Anobeithiol.'

'Yr unig olygfa gredadwy oedd honno pan oedd y tad a'r fam – Howarth a Meri Morris ydi rheini – yn pledio, hyd at ddagrau heilltion, ar i'w hunig fab beidio â gadael cartra. Roedd Meri yn crio cymaint fel bu i Owen Gillespie, yn groes i thema'r ddrama, addo peidio â mynd.'

'Pwy sy'n gofalu am y dillad ac yn y blaen?' yn gweld cyfle i ffyrnigo ychwaneg ar ei wraig.

'Pwy ond y Cecil Siswrn 'na?'

'Ond fydd raid i ti, Cein, ga'l rhwbath go ysgafn i' wisgo, wrth ma' yn Affrica byddwch chi.'

Dyna'r foment y daliodd Ceinwen gysgod gwên yn dod i weflau'i gŵr a cholli'i limpin, 'Wyt ti Eilir Thomas, wedi bod yn sbaena yn y llofft 'na, ac wedi gweld y dillad ge's i i ddŵad adra hefo mi neithiwr?'

'Naddo,' ond wedi gweld. 'Sut ddillad fydd gin ti? Blows wen a sgert wellt, debyg.'

'Dwyfronneg flewog, o groen rhyw anifail ne'i gilydd, a gwregys o'r un math o groen i roi am 'y nghanol – y peth 'byca 'rioed welist ti i syspendars. Ma' Liz Hurley wedi mynd i wisgo'n hen ffasiwn o laes o gymharu â be' fydd gin i amdana'. Ond a' i ddim ar gyfyl y lle wedi gwisgo fel'na, ddim heb roi top-côt drostyn nhw.'

'Yn haul trofannol Affrica?'

'Ia. Geith Lisabeth Ambrose sgwennu i mewn i'r plot 'i bod hi'n digwydd bod y tywydd oera'r ganrif pan gyrhaeddodd y William Price hwnnw draethau Eiramango. A drama ôl-Gristnogol ydi hi, beth bynnag.'

'Be' 'ti'n feddwl?'

'Wel, wedi cyrraedd y wlad, ma' William Price yn ca'l ail dröedigaeth, os leci di, ac yn troi at y grefydd frodorol, crefydd y Twhwtw. Ac yna, mae o'n yfad dracht o ryw ddiod dail, sy'n unigryw i'r Ynys, ac ma' 'i ieuenctid yn ca'l 'i adnewyddu yn y fan.'

'Wel, ma' o mewn angan diod felly os ydi'r ddrama i fod yn gredadwy.'

'A'r diweddglo ydi Gillespie yn rhoi'i ben ar 'y nglin i, a'r Pennaeth – fel arwydd o'i dderbyn o i'r llwyth – yn rhoi llafn 'i gleddyf daufiniog ar gefn 'i wddw fo.'

'S'gin i ond gobeithio bydd Jac yn sobor.'

'Wel, ma'r cleddyf yn un miniog. Fel blêd rasal.'

'Dynnith y tŷ i lawr.'

'Pwy? Jac?'

'Y ddrama.'

'Dyna s'gin i ofn.'

Wedi brwydro mwy i ddysgu'i llinellau, ac wffftio rhagor, lluchiodd Ceinwen y ffeil foldew o'i dwylo nes ei bod hi'n landio ar arffed ei gŵr. 'Fedra'i ddim dysgu Cymraeg hynafol fel'na. A beth bynnag, pwy dalltith o?'

'Oes Fictoria oedd hi, cofia.'

'Darllan di o 'ta! Os medri di.'

Edrychodd y Gweinidog ar y clawr i ddechrau – '"*O Borth yr Aur i Eiramango, drama hanes yn seiliedig ar fywyd a gwaith William Price 1851-1903, Cenhadwr Affrica, gan Elisabeth Ambrose Wyn.*" Ma'r cyfan wedi'i argraffu'n ddigon proffesiynol.'

'Y tu mewn sy'n bwysig.'

Yn ddamweiniol, trodd Eilir i ddiwedd yr ail act, lle roedd

William Price – yng ngwefr ei dröedigaeth – newydd dorri'r newyddion i'w rieni bod ei gefn at yr hen fywyd a'i wyneb tua Eiramango.

'Swnio'n Gymraeg cyhyrog i mi,' yn tynnu rhagor o flew.

'Darllan o 'ta. Yn uchal.'

'"Mam: O! O! O! fy anwylaf fab, paid â'n gadael yn ein gweddwdod."'

'A 'dydi Meri ddim yn weddw, achos ma' Howarth yn dal yn fyw.'

'"Mab: O! fy unig fam . . ."'

'Ac un fam sy' gy'nno fo, fel s'gin pawb arall. 'Dwn i ddim sut oedd gin hwn ddwy.'

'E'lla ma' meddwl ymlaen mae o, y bydda' hi'n unig wedi iddo fo fynd i'r wlad bell.'

'Bosib'. Ond dos ymlaen.'

'". . . mae'n rheidrwydd arnaf fyned tua Eiramango bell, neu dorri bedd i'm hunan gyda'r dywededig raw." Ac wedyn ma' 'na sŵn palu i fod.'

'Ma' hwnnw ar dâp, ond bod o'n swnio'n 'bycach i rywun yn sincio siafft lo, bob cam i lawr i Ostrelia.'

'"Tad: O! fy mynwesol wraig! Os aiff ef, byddaf fi gyda chychwi." Ac yna mae o i fod i' chusanu hi'n frwd.'

'Ac mi fuo Meri Morris, druan, yn sychu'i gweflau hefo'i ffedog am weddill y noson wedi i Howarth roi smacar iddi. Fel roedd y sgript yn gorchymyn, wrth gwrs.'

Wedi brigbori drwy weddill y ddrama, sobrodd Eilir a dechrau cael traed oerion ei hun, "Ti'n iawn, Cein. Ma' hon yn arddull drama capel yn Oes Fictoria.'

'Wn i. Ond be' 'nawn ni, Eil?'

'*Leave it to Cecil*, 'te!'

A dyna'r foment y daeth clustog cadair yn fwmarang i'w gyfeiriad.

'Ceinwen!'

* * *

118

'Mistyr Thomas, cariad!' a throdd stryd o bobl i edrych i'r union gyfeiriad.

Yn nrws y Tebot Pinc, a'r ffedog ffrilog a wisgai yn debotiau bach pinc i gyd, safai Cecil Humphries yn chwifio llaw wen ar ei Weinidog a'r gwallt lliw sunsur, wedi'i byrmio, yn chwythu yn yr awel.

'*Just a sec*, siwgr. 'Na'i mo'ch cadw chi'n hir.'

Aeth pobl y stryd yn eu blaenau, un i'w faes ac arall i'w fasnach, gan nodio'n amheus y naill ar y llall a gwenu'n gynnil tu ôl i'w llewys.

Cydiodd Cecil yn nwylo'i Weinidog a'i arwain i mewn i'r Tebot Pinc, 'Ma'ch dwylo bach chi fel rhew, cariad . . . Coleen, *dear*! Pot o goffi cynnas i 'Ngw'nidog i. Ma' 'ngwas i ar starfio . . . 'Steddwch, del.'

'Chym'ra' i ddim coffi, diolch i chi.'

'*And one bacon bap*,' gwaeddodd drachefn.

'Ond Cecil, dim ond newydd godi o' wrth y bwrdd cinio 'dw i.'

'*And make it a triple!*'

'Ond, Cecil.'

'Rhaid i chi f'yta, del. I chi ga'l mynd yn hogyn mawr.'

Wedi dod dros y sioc, a thra'n disgwyl am y cruglwyth a orfodwyd arno, penderfynodd holi'r Cynhyrchydd am y ddrama, 'Ma' pethau'n mynd yn go-lew?'

'*Pardon?*'

'Ma'r ddrama'n mynd yn o-lew?'

'*Awful!*' Yna, rhoddod Cecil ei law ar law y Gweinidog rhag iddo feddwl bod hynny'n feirniadaeth ar ei wraig. 'Peidiwch â nghamddeall i, Mistyr Thomas, ma'ch gwraig annw'l chi yn actio'n *beautiful, belle of the ball* os ca' i ddeud. Ac ma'r *leopard skin* 'na ma'hi'n wisgo yn y goedwig yn gweddu iddi i'r dim. *Matches her complexion.*'

Ar hynny, daeth Coleen â hambwrdd trwmlwythog i'r bwrdd ac arno bot o goffi berwedig a thair torthen gyda hanner mochyn o gig rhwng eu gweflau.

Roedd y ferch lygatddu â chroen lliw hufen yn nodweddiadol o ferched heirdd y Mulliganiaid ac yn nabod y Gweinidog.

'Gwraig chdi'n iawn, Mistyr Tomas?'

'Ydi, diolch.'

'Byddi di isio sôs, Bos?'

'Wel, os oes 'na un. Tomato?' gan obeithio y byddai peth felly'n gymorth i wthio'r baich bara i lawr y lôn goch.

''Na i ca'l peth i chdi rŵan, ia?'

Wedi i Coleen fynd o gyrraedd clyw, cododd Cecil y fwydlen oddi ar y bwrdd a'i dal i fyny i guddio'i geg. Daeth â'i wyneb at wyneb y Gweinidog, 'Ma' nhw'n deud, cariad, *but don't blame me*, bod gin hon eto olwg am fabi.'

'O.'

'Ma' nhw fel *rabbits*, Mistyr Thomas bach.'

'Ma' nhw'n mynd yn deulu mawr, ydyn.'

'Pan ddaw hi'n ôl hefo'r *sauces*, fasach chi'n ca'l golwg arni i mi.'

'Bobol, 'na i mo'r fath beth.'

'Wel sut medra' i 'neud *future plans* 'ta, heb 'mod i'n gw'bod? A chi, cariad ydi'r *expert*.'

'Sôs coch i ti, Bos,' meddai Coleen a lluchio y pecyn cetshyp at gongl ei blât .

'Diolch, Coleen,' a melltithio Cecil am wneud iddo syllu'n fwy manwl arni.

'Wel? *What's the verdict?*'

'Ylwch, Cecil, well gin i siarad am rwbath arall. Oeddach chi isio ca'l gair hefo mi medda' chi.'

Tra bu Eilir yn ymosod ar y torthennau cig moch, treuliodd Cecil yr amser yn rhempio'r Cenhadwr yn y ddrama. Roedd hi'n amlwg nad oedd Owen Gillespie wedi'i eni i'r llwyfan. O ran dysgu'i linellau mewn pryd, roedd yn batrwm, ond o ran eu llefaru roedd mor undonog â rygar-ryg ond yn llawer llai clywadwy na'r deryn prin hwnnw. O ran ei symudiadau wedyn, unwaith y cyrhaeddai fan arbennig ar y llwyfan, glynai wrth y darn hwnnw o dir – serch bod y chwarae yn symud o Gymru i Affrica – ac yn ei ofn ni fynnai droi cefn ar y darn tir hwnnw am bris yn y byd.

'A wyddoch chi y *love scene* yn golygfa chwech?'

'Wel, ma' Ceinwen wedi crybwyll y peth. A 'dydi hi ddim yn hapus iawn.'

'*And I don't blame her*. Mae o fod i roi sws i'ch gwraig chi, yn y goedwig. *Well, I could do better myself*. Ac ro'n i'n gwbod, fel 'dach chi newydd ddeud, fod Musus Thomas, *poor thing*, yn siomedig.'

'Wel . . .'

'Mae o i' weld ar 'i gwynab hi, Mistyr Thomas bach. Wel, neithiwr, *final rehearsal*, 'nes i ddeud wrtho fo. "Owen Gillespie, *dear*," meddwn i, "dychmygwch, *just imagine*, ma' chi ydi Mistyr Thomas a rhowch sws iawn iddi, un y bydd hi'n cofio amdani".' Teimlodd Eilir ei waed yn dechrau berwi ond roedd Cecil yn dal ar gefn ei geffyl. 'A wyddoch chi be' ddeudodd o?'

'Na wn i.'

'"Chwiliwch am rywun arall 'ta" *And he just left*.'

'Ac ma'r ddrama nos fory.'

'Fasach chi, cariad, ddim yn lecio bod yn Genhadwr?'

'Rhy debyg i be' 'dw i 'neud bob dydd.'

'Fedrach chi a Musus Thomas ennill Oscar am *scene* chwech.'

'Na. Ond diolch i chi am roi'r cynnig i mi.'

'G'newch gymwynas i mi 'ta, siwgr.'

'Ia?' yn ofni gwaeth eto.

'Ewch heibio i'r Gillespie 'na, i drio'i berswadio fo i newid 'i feddwl ne' mi fydd hi ar ben. Ma' 'na dri chant o dicedi, *already sold*,' ac os bu dyn busnes erioed, Cecil Siswrn oedd hwnnw.

'Wel, mi fydda' i'n pasio'i dŷ o, yn nes ymlaen pnawn 'ma. Ond fedra' i addo dim i chi.'

'Mistyr Thomas, siwgr,' a dechrau mwytho'i law, *you're a stitch in time.*'

Taflodd Cecil gip i gyfeiriad y mur gwydr a wahanai ei siop trin gwallt a'i dŷ coffi i sylwi, yn gyfleus, ar gwsmer yn cyrraedd, 'Rhaid i chi fy esgusodi fi, cariad. Miss Cedar Williams, Bank Place, newydd landio. A chym'ith hi ddim *blow dry* gin neb ond Cecil.' Cododd o'i gadair a dawnsio'i ffordd at yr adwy rhwng y ddau le, 'Gewch chi dalu i Coleen, *on your way out.*'

'Ond, Cecil, 'nes i ddim ordro . . .' ond roedd y Siswrn wedi diflannu.

* * *

Pan oedd y Gweinidog yn cerdded y Stryd Fawr, yn ddrwg ei hwyl a'i waled yn deneuach wedi iddo dalu crocbris am bryd o fwyd nas archebodd, ac na lwyddodd i hanner mynd trwyddo, pwy groesodd ei lwybr, ar ei ffordd o'r Legion i siop O'Hara'r Bwci, ond Shamaus Mulligan, y tarmaciwr – sigarét fain, wleb yn hongian yn llipa wrth ei wefus isaf, yr het felfaréd arferol yn ôl ar ei wegil a'i gôt felen pob tywydd yn llydan agored serch bod yna wynt digon main.

'Neis gweld chdi, Bos.'

'A chithau. Musus Mulligan yn iawn?'

'Kathleen 'ti'n meddwl?'

'Ia.'

'Ma' fo'n b'yta fath â ci bwtshiar, Bos bach. A ma fo'n tew braf yn ôl. Haws gafa'l yno fo, cofia.'

'Ydi, debyg,' atebodd y Gweinidog a'i natur yn sirioli unwaith yn rhagor.

''Di bod yn 'Fleece' 'ti?' Roedd y Tincer o dan y camargraff bod Gweinidog yn treulio pob awr sbâr roedd yr Hollalluog yn ei ganiatáu iddo yn dal bar y dafarn i fyny. 'Jyst am un bach, ia?'

'Na. 'Di bod yn y Tebot Pinc 'dw i, yn anffodus. Yn ca'l coffi heb 'i ordro.'

''Na ti boi sy' 'di codi'n bora, Bos.'

'Ia. Ond 'dw i'n amau weithiau fydd o'n mynd i'w wely o gwbl,' ebe'r Gweinidog a'r golled a gafodd yn dal i frifo.

''Nest ti gweld Coleen, hogan fi?'

'Do.'

'Hogan da, Bos.'

'Ydi. Ydi, dymunol iawn.'

'Ac ma' gynno fo un bach yn *carrier bag*, cofia. 'Nest ti sylwi, Bos?'

'Do . . . m . . . naddo.'

'Un cynta' iddo fo, ia? Genod da, Bos. Ma' nhw' g'neud Taid Shamus yn prowd.'

'Ydyn, debyg.'

Y pnawn hwnnw, 'doedd gan Shamus Mulligan ddim digon o hamdden i drafod gyda'r Gweinidog, fel yn arferol, pwy oedd 'wedi saethu' chwedl yntau. Ofn Eilir oedd mai'r ateb, unwaith eto, fyddai, 'boi o Capal chdi, ia?'

''Sa ti'n meindio, Bos, 'dw i am fynd i roi *tenner each way* ar *Shining Light* yn Haydock. 'Ti am dŵad hyfo Shamus? Cei di roi *fiver*.'

'Ddim yn siŵr. Mi rydw' i ar fy ffordd i weld Owen Gillespie.'

'Owen . . .' ac am foment cafodd Mulligan drafferth i ddeall at bwy roedd Eilir yn cyfeirio, yna disgynnodd y geiniog, 'O 'dw i'n gw'bod. Boi Salfesion, ia?'

'Do, mi fuo'n pregethu hefo Byddin yr Iachawdwriaeth, unwaith.'

'Actor giami, Bos.'

Cafodd y Gweinidog sioc, 'Be? 'Dach chi wedi'i weld o'n actio?'

''Ti dim yn gw'bod? Daru Cecil ofyn i Liam, hogyn fi, gofalu am y golau. Boi da, Liam, Bos. Ma' fo'n dallt 'lectrics.'

'Gobeithio. Ma' Ceinwen yn deud wrtha' i, bod isio iddi fod rhwng dau olau, ne'n d'wyllach na hynny, pan fyddan nhw yn y goedwig.'

'Musus chdi'n actio'n da, Bos.'

'Ydi hi?'

'Pan ma' fo'n caru hefo dyn Salfesion yn y fforest, yn y leotard, ma' fo'n *beauty* cofia.

'M.'

'Gwell i fi fynd, Bos bach, ne' bydd *Shining Light* 'di dechra' rhedag. 'Na i gweld chdi nos fory, ia? A ma' gwraig fi'n dŵad. A Nuala, a Brady, a plant nhw. A ma' Brigid yn dŵad – os na bydd 'i babi o 'di landio. A ma' Coleen yn dŵad.'

'Hwyl, Shamus.'

Wedi cyrraedd drws O'Hara trodd Shamus yn ei ôl, a gweiddi dros y stryd, ''Ti'n gw'bod be', Bos? Na' i codi golau'n fawr pan fydd Musus chdi yn *clinch*, i chdi ca'l 'i gweld o'n iawn.'

'Ddim ar unrhyw gyfri.' Ond roedd Shamus wedi camu i mewn i ogof O'Hara i roi degpunt, ddwyffordd, ar *Shining Light*.

* * *

Tŷ bychan wedi'i wasgu'n ddidrugaredd rhwng becws Bob Becar a siop bysgod Glywsoch Chi Hon oedd Noddfa, cartref Owen Gillespie. Un o'r ychydig ffraethebion a ganiatâi Gillespie iddo'i hun (oherwydd gŵr dwys oedd o ar bob achlysur) – ac roedd honno'n annealladwy heb flewyn o wybodaeth Feiblaidd – oedd, y gallai borthi'r pum mil heb symud cam o'i dŷ. Cartref syml ydoedd, yn hytrach na thlawd, a'r ychydig ddodrefn glanwaith yn symbolau gweladwy o'i argyhoeddiad nad oedd 'pethau'r byd hwn', chwedl yntau, ddim o anhraethol bwys.

Wedi'i gymell i eistedd, a thynnu'i gadair yn nes at y llygedyn o dân nwy – a gynhyrchai fwy o sŵn hisian nag o wres – sylwodd Eilir ar y baich llyfrau ar gongl y bwrdd: clasuron diwinyddol ddoe, wedi'u hatgyfodi ar gyfer marchnad heddiw, marchnad a oedd yn tyfu yn ôl pob sôn – gweithiau Spurgeon a Mathew Henry yn bennaf. Synnodd nad oedd yno gopi o *Yr Ymarfer o Dduwioldeb*, Lewis Bayly a *Llyfr y Tri Aderyn* ond, erbyn meddwl, ni chredai Owen Gillespie i'r haul godi cyn Diwygiadau Methodistaidd y ddeunawfed ganrif. Ond roedd yno gopi o gofiant Begbie i William Booth, ond nid un mwy diweddar, llai uniongred, Roy Hattersley. Diwinyddiaeth uniongred oedd un Owen Gillespie a dehonglai'r Beibl yn llythrennol, fwy neu lai.

Ni wyddai'r Gweinidog yn iawn sut i agor y drafodaeth wedi iddo gyrraedd. Er bod y ddau ar delerau enwau cyntaf â'i gilydd, a sgwrs Gillespie bob amser yn un a gynhesai'i galon, roedd hi'n anodd ryfeddol, serch hynny, i dorri drwy'r plisgyn o dduwioldeb a guddiai y dyn naturiol. Ond y tro hwn, roedd Owen Gillespie wedi gweld yr hyn a oedd ar ei feddwl yn fuan wedi iddo gyrraedd.

'Mi wn i be' ddaeth â chi yma, Eilir.'

'Gwyddoch?'

'Matar y ddrama. Ydw' i'n iawn?'

'Ydach. Cecil ofynnodd i mi ga'l gair hefo chi.'

'Mi ddeudis i wrth fy mrawd, neithiwr' – a brawd neu chwaer 'yng Nghrist' oedd pawb o'i gydnabod i Owen Gillespie – 'na fyddwn i ddim yn ymhél â'r ddrama o hynny ymlaen.'

'Ond chi, Owen, ddaru wirfoddoli i gym'yd rhan.'

'Do, mi wn. Mae hynny'n wir, ond er mawr ofid i mi erbyn hyn. Ma' gin i ofn i mi addo heb weddïo'n ddigonol uwchben y matar.'

'Ond ma'r perfformiad nos fory.'

'Mi wn i hynny hefyd.'

'A chi sy'n cym'yd rhan y Cenhadwr. O gwmpas hwnnw ma'r ddrama'n troi.'

'Ond fedra' i ddim portreadu y math yna o genhadwr, Eilir. Dyna'r baich sy' ar 'y meddwl i. Troi cefn ar y Ffydd 'nath hwn. Fyddwn i byth 'di g'neud hynny.'

'Alla' i gredu hynny'n hawdd. Ond nid chi ydi'r Cenhadwr.'

'Ia, fi 'di'r Cenhadwr yn y ddrama.'

'Wn i. Ond actio y rhan 'dach chi. Nid y chi ydi o, mewn gwirionadd.'

'Ond ma'r brawd Cecil Humphries yn d'eud wrtha' i'n wahanol.'

'O?'

'Bod yn angenrheidiol i mi fynd dan groen y cymeriad, medda' fo. Cym'ryd arna' ma' fi ydi o.'

Cafodd y Gweinidog amser caled yn ceisio dangos i Owen Gillespie y ffin rhwng bod yn gymeriad mewn drama a'r cymeriad oedd o mewn bywyd. Wedi cael hanner ei argyhoeddi bod yna ddau ohonynt, roedd gan Gillespie anawsterau moesol, 'Mi 'dw i'n teimlo, hefyd, bod y chwaer Elisabeth Ambrose wedi sgwennu rhannau sy'n ymylu, wel ar fod yn anweddus.'

'Bod yn driw i hanas, ma' hi ma'n debyg.'

'A chaniatáu bod yr hyn 'dach chi'n ddeud yn wir, ydi hi'n iawn i ni ailfyw budreddi ddoe ar lwyfan? A gwenwyno cenhedlaeth newydd?'

A 'doedd gan y Gweinidog ddim ateb parod i hynny. 'Ma' gynnoch chi bwynt, ma'n debyg.'

'Ac ma'n ofid i mi, Eilir,' ebe'r Cenhadwr, yn dod at ei brif anhawster, 'weld ych gwraig chi ar lwyfan y festri a . . . sut deuda' i . . . a chyn lleiad amdani. Ond dyna fo, mi rydach chi'n gynefin â'i gweld hi felly.'

'Ydw', ebe'r Gweinidog yn ddifeddwl. Yna, prysurodd i'w gywiro'i hun, 'Na, fydd hi byth yn gwisgo fel'na adra. Welis i 'rioed mohoni hi, o'r blaen, mewn croen llewpart. Ond ma' hi'n bygwth, ar y noson, rhoi top-côt dros y cwbl.'

'Wel os hynny,' ebe Gillespie yn sirioli drwyddo, 'mi fydd hi'n haws i minnau gytuno â'ch cais chi. Ofn i'r croen llewpart ddwâd i ffwrdd yn 'y nwylo i oedd gin i.'

Wedi cael hanner addewid y byddai'r actor, fel pob gwir berfformiwr, yn rhoi'r ddrama yn gyntaf, cododd Eilir i ymadael a daeth Owen Gillespie i'w ddanfon i'r drws – er mai taith fer iawn oedd yna rhwng y lle tân a'r palmant.

'Pnawn da rŵan, Eilir, a diolch i chi am ych gofal bugeiliol drosta' i.'

'Pnawn da. A diolch i chi am gytuno.'

* * *

Fel perfformiad, bu *O Borth yr Aur i Eiramango* yn drychineb os nad yn gyflafan; fel digwyddiad i godi arian bu'n llwyddiant ysgubol. Daeth pobl yno o bell ac agos, amryw wedi'u consgriptio gan Cecil i fod yn bresennol. Er enghraifft, llwyddodd i wthio tocynnau a gostiai ffortiwn ar drigolion, brau'u hiechyd, y Porfeydd Gwelltog – y cartref preswyl a redai – ac fe'u cludwyd yno ar elorau ac mewn cadeiriau olwyn. Daeth plant y Mulliganiaid yno, yn lluoedd mawr iawn, i weld 'Yncl Liam' a 'Taid Shamus' hefo'r 'lectrics' – ond 'doedd dim sicrwydd faint o'r rheini a dalodd am docyn. Gan iddo oedi'r anorfod gyhyd â phosibl, cyrhaeddodd y Gweinidog yno'n hwyr ac fe'i gwthiwyd i sedd ychwanegol yn union ar wefus y llwyfan, nes y teimlai, ar brydiau – oherwydd gwres yr holl lampau – ei fod yn torheulo ar draethau aur Ynys Eiramango.

Bu'r gwahaniaeth rhwng dechrau a diwedd y perfformiad yn anhygoel. Wedi i'r Cynhyrchydd ymddangos ar y llwyfan i groesawu pawb a chanmol y perfformiad a oedd ar ddigwydd, ac i'r awdures, Elisabeth Ambrose, gael ei galw ymlaen i dderbyn cymeradwyaeth am ei gwaith – a diolch mai ar y dechrau y bu'r ddau ymddangosiad oherwydd tomatos a wyau gorllyd a fyddai wedi'u croesawu ar y diwedd – aed ymlaen â'r ddrama.

Gwan ryfeddol oedd perfformiad y Cenhadwr yn rhan gynta'r ddrama. Wrth iddo bortreadu cyfnod ei feddwdod fu neb erioed sobrach a phan symudwyd ymlaen i'r ornest focsio, fel y proffwydodd Ceinwen, Phillips a loriodd Gillespie a hynny gydag un ergyd ym mhwll ei stumog. Bu'n rhaid i'r Cynhyrchydd oedi'r chwarae am gyfnod. Gwisgodd Cecil ei ddillad nyrs a dod i'r llwyfan gyda'i fag Cymorth Cyntaf i ddadebru'r Cenhadwr – '*Gangway, ladies and gentlemen*'.

Roedd yr olygfa a ddilynodd yn gryfach ond ei bod hi'n eithriadol unochrog: roedd Meri Morris yn wylofain ei hochr hi, a'i cheg mor llydan fel bod y Gweinidog – gan ei fod mor agos i'r llwyfan – yn medru cyfri sawl dant a oedd ganddi, ond roedd Howarth yn eistedd yn ei gadair, yn gegrwth. Bob hyn a hyn clywid Cecil yn ei bromtio'n hyll o du ôl i'r llenni. Roedd hi'n amlwg nad oedd gan William Price, y Cenhadwr, ronyn o awydd gadael am Eiramango; eisteddai ar stôl drithroed wrth draed ei fam, fel llo yn disgwyl llith, yn ddigon parod i ddal ati i dorri beddau ym Mhorth yr Aur. Dechreuodd Meri Morris hidlo wylo, eilwaith, fel awgrym i'r Cenhadwr i fynd am y llong a'i cludai i Affrica. Dyna pryd y clywyd Ifan Jones, heb fedru dilyn thema'r ddrama, yn gofyn yn uchel i'w gymydog yn y sedd agosaf, 'Deudwch i mi, ydi Meri Morris 'di colli buwch ne' rwbath?'

Roedd golygfa gyntaf yr ail hanner yn agor gyda Bolola, Jac Black, yn eistedd ar orsedd uchel yn ei balas ar Ynys Eiramango, mewn siwt wen – yn edrych yn debycach i genhadwr nag i bennaeth llwyth.

'Jac ar toilet!' meddai rhyw ffŵl o'r cefn, yn cofio beth oedd amcan y noson, nes roedd y festri'n foddfa o chwerthin.

O gwmpas yr orsedd, ond o gyrraedd llafn y cleddyf, eisteddai twr o wragedd y Capel a Cecil wedi'u coluro mor dywyll fel nad oedd hi'n bosibl i'r Gweinidog, serch ei fod mor agos, nabod yr un ohonynt.

Wedi i'r Cenhadwr hirymarhous gyrraedd traethau Eiramango, dros draed y Gweinidog, aeth morwyn o harîm Jac Black ato i'w groesawu a chynnig iddo ddracht o'r ddiod dail wyrthiol a adnewyddai'i ieuenctid. Dyna'r digwyddiad fu'n dröedigaeth iddo. Wyddai neb pa ddiod oedd Jac Black wedi'i roi yn y llestr, a hwyrach i'r Cenhadwr, oherwydd y gwres ffyrnig a ddeuai o'r lampau, yfed ar y mwyaf ohono. Wedi slotian peth, cododd y Cenhadwr ei ben o'r cawg, fel ceffyl wedi bod yn yfed o bwced, yn ddyn wedi'i adnewyddu'n eithafol. Os mai mwmian ei linellau a wnâi cynt roedd o bellach yn eu bloeddio ar uchaf ei lais a hynny yn y mannau mwyaf tyner.

Pan welodd William Price Lolola ar gwr y fforest yn ei gwregys o groen aeth yn wenfflam. Roedd Eilir yn ddigon agos i'r llwyfan i ddal ar yr ofn gwirioneddol yn llygaid bolwynion Ceinwen. Cychwynnodd y Cenhadwr i gyfeiriad y fforest ar drot ci a blys yn ei lygaid. Diflannodd Ceinwen i'r coed am ei hoedl a'r Cenhadwr nwydus ar ei gwarthaf. Ymhen eiliad, daeth Ceinwen yn ôl i'r llwyfan, am foment. Sylwodd Eilir fod y ddwyfronneg a wisgai bellach wedi troi tu ôl ymlaen, a bod y gwregys o groen ar ddatod. Pan ddaeth y Cenhadwr yn ei ôl i olau haul Eiramango, diflannodd Lolola eilwaith, ar garlam, i ddiogelwch y fforest. Pan ddaeth hi allan o'r goedwig beryglus am y drydedd waith, penderfynodd Ceinwen – serch ei chostiwm – y byddai strydoedd meddw Porth yr Aur yn ddiogelach lle iddi nag Ynys Eiramango ac aeth ar wib ar hytraws y llwyfan i un o'r esgyll ac allan wedyn drwy'r drws i'r stryd.

Bu'r gymeradwyaeth yn un fyddarol. Roedd y rhan fwyaf o'r gynulleidfa wedi dod i gredu mai pantomeim oedd bwriad Elisabeth Ambrose yn hytrach na drama genhadol ac mai'r diwedd gwyllt a welwyd oedd y *finale*. Diffoddodd Liam y 'lectrics' ac aeth William Price ar goll am byth yn y llwyni coed.

Ar ei ffordd allan o'r festri, y gynulleidfa bellach wedi clirio, Ceinwen yn ôl yn ei dillad ei hun ac Owen Gillespie yn ei iawn bwyll, aeth y Gweinidog i gael gair bach hefo Jac Black.

'Llongyfarchiadau i chi, Jac, ar ych perfformiad.'

'Diolch yn fawr i chi. Mi 'nes i enjoio'r perfformiad yn fawr iawn, gweld ych Musus chi yn mynd i mewn ac allan o'r coed 'na ar wib, fel 'tasa hi'n chwilio am doilet, a'r Salfesion ar 'i hôl hi.'

'Deudwch i mi, Jac, pa ddiod roesoch chi yn y cawg 'na?'

'Hwn 'te,' a thynnu potel dywyll o boced ei siaced

cenhadwr a'i hanner llond o ryw hylif brown, tew fel oel.

'Be' 'di o, felly?'

'Rwbath fyddan ni'n ga'l yn y gwledydd pell 'na pan o'n i ar môr. Er na fedra' i ddim cofio'i enw fo 'chwaith. Math o bicmi-yp ydi o. Fydda' rhai yn 'i roi i'r ieir pan fyddan nhw'n bwrw'u plu ac i' helpu nhw ddodwy.'

''Rioed? Wel, ydi o i fod i bobol hefyd?'

'Ydi'n tad. Dim ond cym'yd digon 'chydig 'te. 'Dw i'n cofio ryw foi o Gwmtirmynach oedd hefo mi ar y môr, pan oeddan ni yn Jameica. Mi yfodd hwnnw lond llwy fwrdd yn lle llond llwy de, ac mi briododd ryw ddynas dywyll yn slapbang, a thorlwyth o blant gynni hi. Mae o yno byth am wn i.'

Gwthiodd Jac y botel yn ôl i'w boced, ac ychwanegu, 'Beryg' ma' dyna be 'nath Gillespie heno 'ma. Yfad ar y mwya' ohono fo. Heblaw, mae o fel roedd o o'r blaen rŵan. Dyna ddrwg y diod dail 'ma, 'dydi 'i effaith o ddim yn para'n hir, ylwch.'

'Ydach chi yn deud y gwir, Jac?'

'Diawl, welsoch chi 'i effaith o heno, do?'

'Wel do.'

Cymrodd Jac arno aildynnu'r botel o boced ei siaced, 'Leciwch chi ga'l yr hannar potelad 'ma gin i, yn bresant? Mi fasach yn werth i'ch clywad yn pregethu wedyn.'

Arhosodd cynnwys potel Jac Black yn ddirgelwch i drigolion Porth yr Aur am byth ond cyn pen hanner blwyddyn fe adeiladwyd toilet newydd yn y Capel, yn unol â gofynion Deddf Iechyd a Diogelwch. Ond enw'r saint ar y toilet newydd o hynny ymlaen, o gofio'r ddrama fu i gasglu arian i'w godi, oedd 'Tŷ Gillespie'.

6. *MISS PHILLIPS A JOHN JAMES*

Pan oedd cŵn crwydrol yn dychwelyd i'w cartrefi, a chathod rhywiol yn cychwyn ar eu siwrneion nosol, y daeth John James, perchennog ffyrm *James James, James John James a'i Fab, Cyfreithwyr,* at ddrws tŷ'r Gweinidog. Roedd hi'n syn ei weld yn galw o gwbl, oherwydd yn anfynych iawn y galwai'r Cyfreithiwr yn nhŷ neb – ar wahân i ddanfon ambell fil a oedd yn dechrau melynu; roedd hi'n fwy rhyfeddod iddo alw yno yn ei slipars. Eto, taith diwrnod Sabath oedd yna rhwng tŷ'r Gweinidog a Cyfarthfa, lle trigai'r Cyfreithiwr, ac roedd hi'n noson loergan, sych beth bynnag. Ond, erbyn meddwl, dyn yn cerdded mewn slipars oedd John James o ran ei natur, ac wedi bod felly erioed: gofalus, tawel, ysgafndroed, yn cau pob adwy o'i ôl cyn meddwl am agor un arall.

'Be' fydd hi, Mistyr James?' holodd Ceinwen yn groesawgar.

'Te ne' goffi? Coffi fydda' i'n ga'l cyn mynd i gysgu, ond dyn te ydi Eilir 'ma.'

'Mi gymera' i goffi hefo chi, Musus Thomas, os nad ydi hynny yn draffarth i chi.' Llais fflat oedd gan John James fel sŵn cacwn yn hymian mewn pot jam gwag, a'r un mor undonog.

'Sut byddwch chi'n lecio'ch coffi?'

'Mor ddu ag y daw o drwy big y pot, a dim siwgr. Os gwelwch chi'n dda.'

'Dyna ni. Fydda' i ddim eiliad.'

''Steddwch, Mistyr James,' cymhellodd y Gweinidog.

'Diolch. Musus Thomas wedi grymuso cryn dipyn gynnoch chi.'

'Doedd y Gweinidog ddim yn siŵr iawn sut i ddehongli'r sylw. Hen lanc oedd John James, y naill ochr neu'r llall i'r trigain oed, ond roedd yna sôn fod ganddo lygaid ifanc, yn arbennig wrth edrych ar ferched.

'Ydi . . . ydi ma' hi wedi rhoi pwysau hefo'r blynyddoedd.'

'Ac yn gweddu iddi hi, os ca' i ddeud.'

Wedi'r drydedd rownd o goffi 'mor ddu ag y daw o drwy big y pot', a the'n dod allan o glustiau'r Gweinidog erbyn hynny, y daeth John James at bwrpas ei ymweliad, 'Wedi galw yma ydw i, i rannu newyddion da hefo chi,' ond mewn goslef un yn torri newyddion drwg iawn, 'cyn ych bod chi'n ca'l cyfla i glywad o rywle arall.'

'Mi rydach chi am roi gorau i'r hen offis 'na,' meddai Ceinwen yn frwd, yn neidio'r gwn ymhell cyn iddo danio.

'Na, Musus Thomas. I'r gwrthwynab. Hwyrach y bydd hi'n ofynnol i mi ddal ymlaen yn hwy wedi'r hyn sy' ar ddigwydd.'

'O!'

''Dw i'n siŵr y byddwch chi eich dau mor garedig â chadw hyn i gyd yn gyfrinachol hyd nes daw y newyddion yn wybodaeth fwy cyffredinol,' ac iaith pulpud oedd un John James.

'Wrth gwrs,' brysiodd y Gweinidog, ar bigau'r drain i gael clywed y newydd.

'Wel, wedi hir oedi, ac wedi ymboeni cryn dipyn uwchben y mater, mi rydw i wedi penderfynu priodi.'

'Doeth iawn wir,' byrlymodd Ceinwen, wedyn. 'Ers faint ma' Miss Phillips hefo chi?'

'Miss Phillips?' holodd y twrnai fel petai Ceinwen wedi cyfeirio at gydnabod pell iddo yn hytrach na'i ddarpar wraig. 'Rhoswch chi, mi ddaeth acw pan oedd 'y nhad yn fyw, a hithau newydd ada'l yr ysgol, ac ma' hi wedi bod acw byth ers hynny. Llenwi potiau inc a bellu y bydda' hi ar y dechrau, a rhoi min ar bensiliau, ond ma' hi wedi bod yn llaw dde i mi ers blynyddoedd bellach ac yn rhan o'r dodran. A 'dwn i ddim be' wnawn i hebddi.'

Wedi i brysurdeb dyddiau'i dad a'i daid arafu, swyddfa un cyfreithiwr fu un *James James*, *James John James a'i Fab* o hynny ymlaen. Gyda'r blynyddoedd, aeth y fyddin o glercod a theipyddion a weithiai yno unwaith yn llai ac yn llai gan adael neb ar ôl yn y diwedd ond Miss Phillips a gerddai'n flinedig o'r ddesg at y cownter ac o'r cownter at y ddesg rhwng ysbeidiau o wargrymu uwchben teipiadur hynafol, gan wisgo allan y naill genhedlaeth o deipiadur ar ôl y llall. 'Doedd symud hefo'r oes ddim yn llyfrau John James.

'Wel llongyfarchiadau i chi,' meddai'r Gweinidog yn ceisio rhoi asbri yn ei lais, serch ei bod hi'n nes at un o'r gloch y bore na dim arall. 'A deud y gwir, ro'n i wedi amau fod yna rwbath ar y gweill rhwng y ddau ohonoch chi y tro dwytha' y galwis i yn y swyddfa pan o'n i am gal cip ar Weithredoedd y capal.'

'Oeddach chi wir?' atebodd y Cyfreithiwr, 'a finnau'n meddwl 'mod i wedi llwyddo i guddio fy llawenydd o dan lestr. Be' tarodd chi felly?'

'Yn un peth, roedd gynnoch chi rosyn melyn – os 'dw i'n cofio'n iawn – yn lapad ych côt.'

'Un plastig?'

'Un byw.'

'Roedd hynny, felly, wedi imi gymryd y cam.'

'A weli's i mo Miss Phillips fawr 'rioed yn fwy sionc nag oedd hi'r bora hwnnw.'

'Dyna'r pryd y cafodd hi godi bynion oddi ar fawd ei throed chwith,' eglurodd John James, yn tynnu pob owns o ramant o'r sefyllfa. 'Ma' hi wedi bod yn fwy ysgafndroed byth er hynny.'

'Acw byddwch chi'n byw, wedi i chi briodi?' holodd Ceinwen, yn fusneslyd, gan gyfeirio at Cyfarthfa – honglad o dŷ trillawr gyda seler ac atig, yn sefyll yn ei libart ei hun, ac yn enwog am fod yn lle oer.

'Hynny sy'n debygol,' atebodd y Cyfreithiwr wedi'i ddal mewn deufor-gyfarfod, 'ond 'dydi hynny ddim wedi'i benderfynu'n derfynol eto.'

'Mi fasa' ca'l gwraig yn cynhesu'r tŷ drwodd i chi,' ebe Ceinwen wedyn.

'Basa', mae'n ddiamau,' atebodd John James ond yn methu â dirnad, ar y funud, sut y byddai un corff ychwanegol yn abl i gynhyrchu'r fath wres canolog. 'Bydd, mi fydd cwmni gwraig, mae'n debyg, yn sirioli cryn dipyn ar yr aelwyd. Ma' Cyfarthfa 'cw yn dŷ oer, ma' rhaid cyfadda'. Mi rewodd 'na botal ddŵr poeth gin i yn y gwely, gaea' dwytha, a finnau yno hefo hi.'

'Gobeithio na 'neith y wraig newydd ddim rhewi,' ychwanegodd Ceinwen, yn wirion braidd.

Anwybyddodd John James y gwiriondeb a mynd ymlaen gyda'i stori. 'Ac mi roedd y dŵr yn y glas wrth erchwyn y gwely, lle bydda' i'n rhoi 'nannadd gosod, wedi rhewi mor galad fel buo rhaid i mi ga'l cŷn a mwrthwl i' ca'l nhw'n rhydd.'

''Rioed!' meddai'r Gweinidog yn rhyfeddu na fyddai'r Cyfreithiwr ei hun wedi rhewi'n gorn o dan y fath amgylchiadau arctig. 'Dyna fo, gwraig amdani 'ta. Ma' acw ddigon o le.'

'Ma' hynny wedi bod yn ystyriaeth arall gynnon ni,' ebe John James, yn ymresymu'n gyfreithiol. 'Os y cawn ni'n bendithio â phlant,' a daliodd Eilir ei hun yn edrych i fyw llygaid ei wraig, 'nid bod hynny'n debygol.'

'Nag ydi,' ebe Ceinwen, unwaith yn rhagor yn siarad cyn meddwl.

'Ond y ni fydd yn pederfynu hynny,' meddai'r Cyfreithiwr yn teimlo fod y mat yn cael ei dynnu o dan ei draed. 'Ond os cawn ni'n bendithio i'r cyfeiriad hwnnw, yna mi fydda' acw ddigon o le i ga'l nyrsyri yn un o'r llofftydd a swings yn yr ardd.'

Roedd meddwl am John James yn pendilio ôl a blaen ar sigl-dennyn yn yr ardd, fel rhyw orangwtang mewn sŵ, ac un bach yn ei gôl yn ormod i'r Gweinidog a bu rhaid iddo gymryd arno besychu i'w hances i guddio'i wên. Daeth ato'i hun pan glywodd ei wraig yn gwneud sylw annoeth arall, 'Mi ddigwyddodd peth felly i Abraham a Sara, yn ôl y Beibl.'

'Be' ddigwyddodd felly?' holodd y Cyfreithiwr yn llawer mwy cyfarwydd â sychion lyfrau'r Gyfraith nag oedd â'r Beibl Cymraeg. 'Nid Abraham oedd y jentlman hwnnw y daru Herod dorri'i ben o?'

'Ioan Fedyddiwr oedd hwnnw,' eglurodd y Gweinidog, 'un o gymeriadau'r Hen Destament ydi Abraham, a Sara oedd enw'i wraig o.'

'Roedd hwnnw'n gant oed,' eglurodd Ceinwen.

'Herod,' ebychodd John James, ei wybodaeth Feiblaidd yn mynd yn glymau i gyd a'r addysg ysgol Sul a gafodd yng Nghapel y Cei yn nyddiau'i blentyndod wedi hen rydu.

'Abraham,' eglurodd Ceinwen.

'Deudwch chi.'

'Ac er bod yr Abraham 'ma yn gant oed, a'i wraig mewn gwth o oedran, mi geuthon nhw blentyn.'

''Dach chi 'rioed yn deud,' atebodd John James yn afresymol obeithiol a mymryn o liw yn dod i'w lais. 'Mi fydd rhaid i mi gofio deud yr hanas diddorol yna wrth Miss Phillips, adag panad ddeg fory.'

'Be' 'di oed Miss Phillips?' gofynnodd Ceinwen wedyn, yn meddwl am ffrwythlondeb anarferol Sara, mae'n debyg.

'Ma' hi'n noson braf,' rhuthrodd y Gweinidog, mewn ymdrech i newid y pwnc ac atal ei wraig rhag annifyrru rhagor ar y Cyfreithiwr. Ond unwaith roedd Ceinwen ar gefn ei cheffyl roedd hi'n anodd ryfeddol ei chael hi o'r cyfrwy.

'Holi be' ydi oed Miss Phillips 'dach chi?'' gofynnodd John James, yr un mor annelwig ag o'r blaen ac fel petai nhw wedi bod yn sôn am rywun arall yn flaenorol.

'Ia.'

'Ma' hwnnw'n gerdyn ma' hi'n gadw'n agos iawn at ei mynwes.'

'Deudwch chi.'

'A ddaru hi 'rioed ddatgelu'i hoed i mi. Ond roeddan ni'n dau yn yr un dosbarth yn yr ysgol gynradd. Wedi gada'l ysgol, mi aeth hi i lenwi potiau i 'nhad ac mi e's innau ymlaen i'r cownti. Ond dannadd 'i hun s'gynni hi,' ychwanegodd, fel petai hynny'n warant o rywioldeb parhaol ac o ieuengrwydd nad oedd heneiddio arno, 'pob un ond dau.'

Treuliwyd peth amser wedyn, rhwng un a dau y bore, yn trafod pedigri Miss Phillips a John James, erbyn hynny – naill ai oherwydd ei ludded neu oherwydd y serch a fudlosgai yn ei galon – wedi ymollwng i'w galw, bob yn ail a pheidio, yn 'Hilda'.

'Mi gollodd ei thad adag yr Ail Ryfal Byd, yng ngwanwyn mil naw pedwar pedwar.'

'Yn Byrma?' awgrymodd y Gweinidog yn gwybod bod y gyflafan wedi symud i'r rhan honno o'r byd erbyn hynny.

'Yn Blackburn,' oedd yr ateb. 'Fuo'r hen William Phillips ddim pellach na'r hôm gard. Ond tua dechrau mil naw pedwar pedwar mi aeth yn ffrindiau hefo rhyw land-armi ddaeth i weini at dad Meri Morris, Llawr Tyddyn, ac mi aeth hefo hi i Blackburn i fwrw Sul. A ddaeth o ddim i'r fei wedyn. Ond roedd 'i mam hi yn ddynas weithgar iawn. Gwnïo casus i boteli dŵr poeth bydda' honno, a'u gwerthu nhw wedyn. Mi werthodd filoedd yn ystod 'i hoes. Miloedd lawar.'

Bu bron i Eilir ychwanegu ei bod hi'n drueni na fyddai tad John James wedi prynu baich ohonynt. Hwyrach y byddai un felly wedi cadw'r botel ddŵr poeth honno rhag rhewi yng ngwely'i fab – beth bynnag am ei ddannedd gosod. Ond penderfynodd ei bod hi'n rhy hwyr y nos i ddechrau gwamalu rhagor.

Wedi bragu pedwaredd rownd o goffi 'mor ddu ag y daw o drwy big y pot' rhoddodd Ceinwen heibio'i chywreinrwydd a'i hewyllys da a llusgo'n flinedig am ei gwely.

Awr yn ddiweddarach y cododd John James o'i gadair a shifflan yn ei slipars i gyfeiriad y drws ffrynt.

'Mi ga' i w'bod y lle a'r pryd gynnoch chi yn nes ymlaen,' awgrymodd y Gweinidog.

Aeth y Cyfreithiwr i gaethgyfle am yr eildro yr un noson, 'Wel, 'tydi peth felly ddim wedi'i sicrhau eto, Mistyr Thomas bach. Dim hyd yn hyn.'

'Wrth gwrs, Bedydd'raig ydi Miss Phillips 'te, fel 'i mam o'i blaen,' a chiciodd Eilir ei hun am iddo yntau neidio'r gwn cyn iddo gael ei danio, a mynnu priodi Hilda Phillips a John James wrth allor Capel y Cei yn hytrach na chaniatáu i William Thomas, y diacon, wneud hynny yn sêt fawr Bethabara. 'Mi ddylwn i fod wedi cofio hynny.'

'Sôn am Miss Phillips rydach chi?' gofynnodd y Cyfreithiwr, yr un mor niwlog â'r ddau dro blaenorol.'

'Ia.'

'A holi pa grefydd ydi hi?'

'Pa enwad, ia.'

'Ia, Bedydd'raig ydi Hilda. Mi fydda' hi'n canu'r organ ym Methabara, hyd nes iddi fynd yn fyr o wynt.'

'Miss Phillips felly?'

'Nagi.'

'O?'

'Yr organ. Ma' gwynt Miss Phillips yn rhyfeddol.'

'Wrth gwrs.' Gwyddai Eilir fod niwlogrwydd yn ei gerdded yntau erbyn yr awr honno o'r nos.

'Nos da rŵan, Mistyr Thomas.'

'Nos da.'

'A chofiwch fi'n gynnas ryfeddol at Musus Thomas' (serch

ei fod wedi bod yn sgwrsio â hi awr ynghynt) 'yn gynnas ryfeddol. Nos da.'

A cherddodd John James o ffyrm *James James, James John James a'i Fab, Cyfreithwyr* y cwta chwarter milltir o dŷ'r Gweinidog i Gyfarthfa yn nhraed ei slipars, fel roedd y cathod rhywiol ar ddychwelyd o'u siwrneion nosol a chŵn crwydrol y gymdogaeth yn hewian am gael eu gollwng i grwydro.

*   *   *

Clywodd y Gweinidog wich hir fel mochyn mewn helbul, ac yna sŵn poteli gweigion yn cusanu'i gilydd gyda ffyrnigrwydd mawr, a daeth picyp hynafol Llawr Dyrnu i stop sydyn union gyferbyn. Wedi'r ymdrech i ostwng ffenest a'i gêr weindio wedi hen rydu, daeth corun cap gweu Meri Morris, Llawr Dyrnu, i'r golwg yn ffrâm ffenest drws y teithiwr ac yna Meri'i hun.

'Ydach chi'n od o brysur, Mistyr Thomas?'

'Meri Morris, chi sy'na? Ddim yn od o brysur, nag'dw.'

'Fasach chi'n picio hefo mi i weld John James y twrna'?'

'I weld John James ddeudsoch chi?'

'Ia.'

'Doedd hi ddim yn hawdd i'r Gweinidog glywed. Roedd cyfeiliant injian y *Daihatsu* a welodd ddyddiau gwell yn boddi'r lleisiau: yr injian yn darfod â throi hyd at ddiffodd bron ac yna'n ailgydio ynddi yn swnllyd ryfeddol gan besychu'n asmatig yr un pryd. Gwisgo sgidiau at y gwaltas oedd arfer Meri a Dwalad Morris, ei gŵr, yna prynu pâr newydd pan oedd gwirioneddol raid.

'Do' i. Os 'dach chi'n pwyso arna' i.'

'Neidiwch i mewn 'ta,' meddai Meri, yn mynd ati ar hast i glirio y domen trugareddau a oedd ar y sedd i wneud lle iddo: dip defaid mewn tun, torth o fara heb ddillad amdani, gwenwyn tyrchod – os oedd Eilir yn darllen y label yn gywir – a'i gaead ar hanner agor, chwarter o fecyn ond mewn bag plastig, cawdel o amlenni Casgliad y Weinidogaeth heb eu danfon a sawl peth arall. 'Os na fasa'n well gynnoch chi reidio yn y trwmbal, hefo'r poteli llefrith,' awgrymodd, yn sylwi ar betruster y Gweinidog i gamu i'r sedd ffrynt i ganol yr holl geriach anghydweddus.

'Na, mi ddo'i atoch chi i'r ffrynt,' atebodd yntau, yn gyflym, am osgoi teithio drwy'r Stryd Fawr yn eistedd ar grêt lefrith, ac yn codi'i law ar hwn ac arall, fel petai o'n arweinydd jwnta rhyw wlad bellennig newydd ennill etholiad amheus.

''Dw isio galw hefo Cwini Lewis yn Llanw'r Môr ar fy ffordd,' eglurodd Meri yn nadreddu'r picyp myglyd drwy'r stryd boblog, 'ma' hi'n deud bod hi 'di ca'l tri peint o lefrith-sgim gin i yn lle pedwar. Ac ma' rhaid i mi alw hefo Daisy, fy chwaer, yn Fron Dirion. Ma' honno isio pot o grîm dwbwl, ond 'dwn i ar y ddaear i be' 'chwaith a hithau fel hwch o dew.' 'Doedd yna ddim gormod o Gymraeg rhwng y ddwy chwaer; Daisy yn baent ac yn bowdr i gyd, fel llygoden wedi bod mewn bag blawd, a Meri yn ddynes dŵr oer a sebon carbolig.

Ar y ffordd i lawr o Fron Dirion yn ôl i'r dref cafodd Meri Morris hamdden i egluro i'w Gweinidog pam roedd arni angen ei gefnogaeth. Ar y goriwaered, roedd injian y *Daihatsu* yn pesychu llai ac roedd hi'n haws i'r ddau glywed ei gilydd.

'Tecwyn, yr hogyn 'cw, sy' mewn trwbwl.'

''Dach chi 'rioed yn deud?' ond yn synnu dim o glywed hynny.

'Er nad oes 'na ddim bai arno fo.'

Ffarmwr oedd Tecwyn am fod, cyn iddo fod yn barod i adael ei glytiau bron, a fu addysg ffurfiol erioed o unrhyw ddiddordeb iddo. Cyn ei fod yn ddeunaw, roedd Meri a Dwalad Morris wedi symud o Llawr Tyddyn i Llawr Dyrnu – tyddyn am y terfyn – gan adael y ffarm wreiddiol yng ngofal y mab a hwythau, wedyn, yn cael mwy o hamdden i fwrw iddi gyda'r busnes gwerthu llefrith o amgylch Porth yr Aur a phentrefi cyfagos. O ran ei anian, roedd Tecwyn yn ffarmwr dygn a dyfal ond o ran ei natur roedd o'n un o feibion Belial, yn diota a chodi twrw yn barhaus yng nghwmni hogiau

Shamus Mulligan ac yn ddychryn i enethod a fagwyd mewn gormod cysgod.

'Mi ddeuda' i chi be' sy,' meddai Meri yn ceisio diffodd peiriant a oedd yn natur aildanio serch bod yr allwedd wedi'i droi. 'Un o genod y Shamus Mulligan 'na sy'n 'i gyhuddo fo ma' fo ydi tad y babi ma' hi'n ddisgw'l. Fedra' i ddim cofio'i henw hi ar y funud.'

'Coleen?' awgrymodd y Gweinidog.

'Ia, debyg. Rwbath fel'na 'di 'i henw hi.'

'Ma' Coleen yn disgw'l plentyn. Mi ddeudodd hynny wrtha'i hun. Hi sy'n gweithio i Cecil yn y Tebot Pinc.'

'Honno ydi hi, felly. Ond o ran hynny, ma' nhw i gyd fel cwningod, Mistyr Thomas bach. Y naill fabi ar ôl y llall, geg wrth gynffon.'

'Ia,' ebychodd y Gweinidog yn ymdrechu i gadw'n ddiduedd ond yn sylweddoli yn iawn fod rhaid cael dau i wneud tri – hyd yn oed ymhlith pethau mor eithriadol epilgar â chwningod. 'Roedd hi'n deud wrtha' i 'i bod hi'n meddwl ma' un o Gapal y Cei oedd y tad, ond na' fedra' hi ddim mynd ar 'i llw ynghylch y peth.'

'A be' sy'n waeth na'r cwbl, 'dydi Tecwyn 'cw yn wyllt am 'i phriodi hi.'

'Ydi o wir?'

'Wel mi fasa' dydd priodas felly yn ddydd angladd i Dwalad a finnau.'

'Ymbwyllo fydda' orau, mae'n debyg,' awgrymodd y Gweinidog yn ceisio rhwyfo llwybr diogel.

'Yn ôl 'dw i'n ddallt,' ebe Meri Morris, yn bywiogi peth, 'ma' nhw wedi rhoi'r matar yn llaw John James y twrna, a dyna pam 'dw i isio ca'l gair hefo fo, i geisio lliniaru pethau cyn iddi fynd yn dân.'

'Wela' i.'

'A 'does a wnelo Tecwyn ni ddim â'r peth, ddim ytôl.'

Os bu erioed frân yn gweld ei chyw yn wyn, yna Meri Morris oedd honno. Ym mhopeth arall roedd ganddi ddigon o grebwyll i 'wahanu us oddi wrth wenith' ond yn ei pherthynas â'i mab afradlon gwisgai wydrau cwbl dywyll. A 'doedd Dwalad, ei gŵr, fymryn doethach.

'Ond matar i chi ydi peth fel hyn,' eglurodd y Gweinidog. ''Dydach chi ddim isio dyn diarth yn gwrando arnoch chi'n trafod matar mor ddelicet.'

'Na wir,' plediodd Meri yn rhoi'i llaw ar ei fraich yn erfyngar, 'dowch hefo mi, i fod yn gefn i mi. Fasa' waeth i mi ganu crwth i fyddar nag erfyn ar Dwalad i ddŵad hefo mi i unman,' ac roedd hynny'n wir. Gŵr yr encilion oedd Dwalad Morris, yn gweithio o wawr i fachlud, a'i wraig yn ei gynrychioli mewn byd ac eglwys. 'A pheth arall, os a' i mewn, ac os daw y Miss Phillips 'na i'r golwg, fasa'n haws i mi ga'l gweld y Pab na gweld John James. Ond os byddwch chi hefo mi, hwyrach y cawn i fynd i mewn yn syth bin.' (Roedd hynny'n arferol wir, ac yn debygol o fod yn fwy gwir oherwydd priodas annisgwyl John James ei hun – er na wyddai Meri Morris ddim am y briodas honno.) 'Fydda' i ddim hefo fo ddim chwinciad ne' mi gostith y ddaear i mi.'

Pan oedd y ddau ar agor drysau'r picyp, pwy ymddangosodd yn nrws y swyddfa, ar ei ffordd allan, ond William Thomas, Bethabara View, unig ddiacon yr unig ddiadell denau o Fedyddwyr a oedd wedi goroesi ym Mhorth yr Aur.

'William Thomas!' ebe'r Gweinidog yn synnu ei weld o, o bawb, yn dod allan o'r fath ffau, 'yn dŵad allan o le annisgw'l.'

'Ddim o gwbl,' eglurodd Meri Morris yn rhannu un o'r gwybodaethau cyfrinachol a gasglodd hi ar y rownd lefrith. ''Dydi o i mewn ac allan o'r lle fel handlan pwmp beic.'

'O?'

'Roedd Miss Phillips 'di deud wrth hogyn 'i chwaer, 'i fod o'n ymgyfreithio hefo'r Bwrdd Dŵr.'

'Hefo'r Bwrdd Dŵr?'

'I drio ca'l dŵr am bris gostyngol pan fyddan nhw'n bedyddio ym Methabara.'

Unig ymateb y Gweinidog oedd gwenu.

Wedi i'r ddau gamu allan o'r picyp, cydiodd Meri Morris mewn potelaid o lefrith hufen llawn, 'Mi rydw' i am fynd â hwn yn bresant i John James. Mi 'neith iddo fo i'w de ddeg, a hwyrach y bydd yntau, o'r herwydd, fymryn yn 'sgafnach hefo'i bensel pan ddaw hi'n amsar iddo fo 'neud bil i mi.'

*   *   *

Cyn gynted ag y camodd y Gweinidog dros riniog swyddfa John James, *James James, James John James a'i Fab, Cyfreithwyr* gwyddai i sicrwydd fod Ciwpid wedi saethu. Fyddai'r arwyddion ddim yn amlwg i rai a alwai yno am y waith gyntaf a 'doedd y cyfnewidiadau ddim yn rhai syfrdanol. Er enghraifft, roedd hi'n amlwg i'r ffroenau fod Miss Phillips yn dal i ddiheintio y lloriau pren, gyda chysondeb, hwyr a bore, ond roedd y disinffectant newydd yn ffeindiach, yn crafu llai ar y llwnc ac yn gadael chwa o arogl sudd lemon yn yr awyr. Blodau wedi bwrw'u harddwch ar addolwyr prin capel y Bedyddwyr dros amryw o Suliau, ac wedi tri chwarter gwywo, a welid yno gynt, ond bellach roedd yno dusw o rosynnau amryliw ar y cownter yn sirioli'r croeso – serch mai plastig oedd eu deunydd. O godi'i ben, sylwodd fod yno stribed dal gwybed, fel o'r blaen, ond bod hwn yn un ffres a'r gwybed heb fod arno'n ddigon hir i gael eu crimetio yn yr haul.

Wedi i Meri Morris ganu'r gloch drom, ag iddi gnul angladd, a hynny sawl tro, clywodd y ddau dramp traed Miss Phillips ar y lloriau pren yn rhwyfo'i ffordd o bellter y cynteddau mewnol i gyfeiriad y cownter. O hir gyfarwyddo, gwyddai Eilir fod yna well rhythm i'w cherdded hithau nag a fu – arwydd o'r newid yn y galon, mae'n debyg, neu ganlyniad crafu ymaith y bynion hwnnw ar fawd un droed. Pan ddaeth Miss Phillips i olau dydd y gwelodd Eilir y cyfnewidiad pennaf. Roedd hi wedi diosg y gostiwm frown a oedd yn groen amdani ac yn gwisgo sgert o liw coch, blows sidan wen gyda thei-bo o'r un lliw â'r sgert yn llinyn am ei gwddw.

Ond 'doedd Ciwpid wedi meirioli dim ar ei chroeso ac roedd yr un tremolo yn union yn ei llais.

'Bora da, Mistyr Thomas.'

'Bora da.'

'Sudach chi?'cwta wrth Meri.

'Fedar *James James, James John James a'i Fab* fod o wasanaeth i chi?'

'Dymuno ca'l gair 'dw i hefo'r John James presennol,' ebe Meri, 'achos ma'r lleill i gyd wedi marw.'

Teimlodd y Gweinidog fod Meri Morris yn cychwyn ar y droed anghywir.

'Prysur ryfeddol ydi o.'

'Chadwa' i mohono yr un funud yn fwy nag fydd raid. Fel y gwyddoch chi, 'dydi twrna' ddim yn beth rhad.'

'Ma' o'n fatar sy'n pwyso cryn dipyn ar feddwl Musus Morris,' pwysleisiodd y Gweinidog i geisio gwastatáu pethau ac agor drws, 'ac mi ellwch ddeud 'mod innau yma hefo hi.'

Edrychodd Miss Phillips ar Meri Morris i fyny ac i lawr; roedd hi'n amlwg nad oedd hi'n ystyried pâr o welingtons – a baw gwartheg heb sychu ar eu cefnau – hen drowsus melfaréd wedi mynd yn grwn yn ei ben-gliniau, jyrsi wlân dyllog a'i llewys wedi'u torchi at y penelinoedd a chap gwlân yr union iwnifform i fynd i ŵydd cyfreithiwr. Ffroenodd yr awyr am eiliad. Roedd Eilir wedi sylwi yn y picyp, serch y ffiwms diesel a lifai i mewn i'r cab, fod llefrith a gollodd Meri Morris wrth botelu y bore hwnnw wedi dechrau suro ac yn ogleuo felly.

Wedi eiliad o syllu felly, cydiodd Miss Phillips mewn pad sgwennu a ffownten-pen ac ysgrifennu'n llafurus: 'Annwyl Mister James. Y mae'r Parchedig Eilir Thomas a Musus Morris, Llawr Dyrnu, Llawr Tyddyn gynt, yma, ac yn dymuno eich gweled.' Sythodd o'i chwman a chychwyn, 'Mi a' i â'r genadwri i Mister James, os byddwch chi mor garedig ag aros nes i mi ddychwelyd. Ond prysur ryfeddol ydi o.'

''Dwn i ddim pam na phriodan nhw,' meddai Meri, wedi i Miss Phillips ymadael ar ei siwrnai faith, 'ma nhw'n 'nabod 'i

143

gilydd ers pan oeddan nhw yn 'u clytiau.'

'Hwyrach y g'nan nhw, rhyw ddiwrnod,' atebodd y Gweinidog, yn dweud y gwir ond heb ddatgelu'r gyfrinach.

'G'nan debyg. Pan fydd y Wyddfa wedi mynd yn gaws.'

Clywyd traed blinedig Miss Phillips yn rhychu'u ffordd yn ôl. 'Mi fedar ych gweld chi am ddeng munud union.'

'Fydd hynny'n ffyl digon,' meddai Meri Morris, yn ddigon anniolchgar, 'ac mi gostith lai felly.'

'Os dowch chi ar fy ôl i.'

Ond wrth gamu rownd y cownter cydiodd y stribed dal gwybed yng nghap gwlân Meri Morris a'i dynnu oddi am ei phen. Golygfa ddigon doniol oedd gweld y cap yn parasiwtio yn yr awyr. Rhoddodd Meri blwc egr i'r cap a daeth hwnnw â'r stribed i lawr i'w ganlyn nes fod hwnnw'n lapio'i hun yn un sglyfath afiach, gludiog, amgylch-ogylch y cap. Wedi ymdrech neu ddwy i ryddhau pethau, bu rhaid i Meri Morris wthio'r cap, y stribed a'r fynwent o wybed ifanc i boced ei throwsus a phrysuro ar hyd y llawr coed ar ôl y ddau arall.

*   *   *

'A sut mae Musus Thomas gynnoch chi'r bora 'ma?'

'Mae hi'n dda iawn, diolch.'

'Cofiwch fi ati yn gynnas ryfeddol, yn gynnas ryfeddol.'

(Bu bron i Eilir atgoffa'r Twrnai iddo'i gweld echnos.)

'Mi 'na i hynny.'   .

'A sut mae Mistyr Cadawaladr Morris?' a rhoi'i enw banc i Dwalad.

'Wrthi'n spredio slyrri roedd o pan gychwynnis i ar fy rownd. Gweld y ddaear wedi sychu'n dda.'

'Ia siŵr,' a natur ffroeni'r awyr, fel Miss Phillips o'i flaen, yn ofni fod oglau'r slyrri'n cario.

'Ewch â fy nghofion cynhesaf i ato yntau.'

'Thenciw,' meddai Meri, yn sodro y botel lefrith ar gongl y ddesg. 'Rhwbath i Miss Phillips a chithau at ych te ddeg.'

'Mi rydach chi'n garedig ryfeddol, Musus Morris, yn

garedig ryfeddol. Mi 'neith am wsnos i ni, os na ddaw hi'n dywydd clos.'

Roedd hi'n arfer gan John James – arfer a ddaliodd oddi wrth ei dad – i neilltuo ychydig amser i esmwytho'i gwsmeriaid cyn dechrau'u pluo. Ond wedi ychydig eiliadau pellach o fân siarad, tynnodd John James stopwatsh o ddrôr y ddesg i ddechrau amseru'r cyfweliad, ond roedd wedi camddarllen yr amgylchiadau'n llwyr. 'Mi ofynna' i Miss Phillips, fydd hi mor garedig ag estyn Gweithredoedd y Capel ar ein cyfar ni.'

'Fydd dim angan y rheini, bora 'ma,' eglurodd Meri Morris, 'rhwbath sy'n nes at 'y nghalon hyd yn oed na'r capal sy'n peri loes i mi. Ac ma'r Gweinidog wedi dŵad hefo mi i fod o gefn i mi.'

'Dyna ni, Musus Morris. Deudwch wrtha' i be' sy' ar eich meddwl chi, ac mi geisia' innau fod o gymorth i chi yn ôl fel bydd y gyfraith ar y matar.'

Roedd stopwatsh John James wedi rowndio'r cae laweroedd o weithiau cyn i Meri Morris ddarfod bwrw'i bol a gwyngalchu Tecwyn.

'Yn anffodus, Musus Morris, mae 'i enw fo ar y rhestr.'

'Pa restr?'

'Os ca' i egluro, mi roedd Miss Coleen Mulligan a'i thad, Mistyr Shamus Mulligan, yma yn gynharach y bora yma. Geneth ddymunol ryfeddol ydi Miss Coleen Mulligan, ddymunol ryfeddol. Ond y peth gorau ydi i mi ofyn i Miss Phillips ddod â'r dogefnnau perthnasol i mi, i ni gael golwg arnyn nhw.'

Pwysodd John James fotwm arbennig a rhoi'r cais, 'Ffeil *paternity suit*, Miss Coleen Mulligan, os gwelwch chi'n dda.'

'Diolch, Mistyr James.'

'Diolch, Miss Phillips.'

Eisteddodd John James yn ôl yn ei gadair i roi cyfle i'w Ysgrifenyddes wneud ei gwaith ac aeth ati i ailgydio yn y mân siarad. Ond, fel y sylwodd y Gweinidog, gan fod y stopwatsh yn dal i droi, roedd Meri'n talu am hwn. 'Deud roeddach chi, Musus Morris, ma' chwalu tail ma' Mistyr Cadwaladr Morris y bora 'ma.'

'Slyrri!' cywirodd Meri Morris, yn swta.

'Ac ma' Musus Thomas mewn purion iechyd, Mistyr Thomas, fel y deudoch chi wrtha' i yn gynharach.'

'Ydi.'

'Fel deudis i o'r blaen, deudwch fy mod i'n cofio ati yn gynnas ryfeddol, yn gynnas ryfeddol.'

Dychwelodd Miss Phillips, yn cario ffeil feichiog.

'Diolch i chi, Hilda . . . y . . . Miss Phillips.' (A dyna arwydd arall, meddyliodd y Gweinidog, fod y mur yn cael ei ostwng.)

'Diolch, Mistyr James.'

'Diolch, Miss Phillips.'

Wedi i'r Cyfreithiwr gael eiliad i fwrw golwg dros gynnwys y ffeil, a thynnu allan y ddogfen berthnasol a'i hastudio – a Meri Morris yn dal ei gwynt – aeth ati i nodi'r ffeithiau, 'Wedi i Mistyr Mulligan a'i ferch alw i fy ngweld i'r bora 'ma, ac mae o'n hen gleiant i mi,' gan daflu cip at fwndel o filiau ar gongl y ddesg a'u conglau wedi crychu a brownio yng ngwres sawl haf, 'mae'r sefyllfa wedi newid peth. Mae Mistyr Tecwyn Morris yn . . . 'rhoswch chi . . . yn . . . ia, dyna ni, y fo ydi'r wythfed ar restr y tadau tebygol.'

'Be'?' holodd Meri, yn anghrediniol.

'Mi ddylwn i egluro'i bod hi'n rhestr lled faith ac mae'r safleoedd yn newid o ddydd i ddydd. 'Rhoswch chi, deuddegfad, ia deuddegfad oedd Mistyr Tecwyn Morris ddoe.'

'Sut hynny?'

'Wel, fel mae Miss Coleen Mulligan – sy'n eneth ddymunol ryfeddol, ddymunol ryfeddol – yn medru ca'l y dyddiadau perthnasol yn gywirach yn ei meddwl, o reidrwydd mae hyn a hyn o dadau tebygol yn syrthio allan o'r rhestr yn ddyddiol, ac mae'r gweddill, yn naturiol, yn mynd yn nes i ben y rhestr fel ag y mae amser yn mynd yn ei flaen.'

'Y gnawas iddi,' arthiodd Meri.

Ond 'doedd y Cyfreithiwr ddim am glywed unrhyw air gwael am ferch y Tincer. Cododd ei law i atal unrhyw feirniadaeth bellach, 'Fel deudis i, merch ddymunol ryfeddol ydi Miss Coleen Mulligan, ddymunol ryfeddol. Ac ma' gan Mistyr Cecil Humphreys, y Tebot Pinc, air da iawn iddi, fel cymeriad ac fel gweithwraig.'

'Fasa peth felly'n ddigon saff yn 'i chwmni hi,' meddai Meri yn cyfeirio'n ddiraddiol at Cecil, un o'i chyd-Flaenoriaid. 'Ond druan o hogiau fath â Tecwyn ni.'

'Efallai 'i bod hi fymryn bach yn hael ei chyfeillgarwch,' ebe'r Twrnai yn ildio modfedd, 'ond geneth ddymunol ryfeddol ydi Miss Coleen Mulligan, ddymunol ryfeddol. 'Dw i'n sicr y bydda' Mistyr Thomas yn cadarnhau hynny i ni.'

'Ydi, ma' hi'n hogan glên iawn. Wel, bob tro 'dw i wedi sgwrsio hefo hi.'

Taflodd Meri Morris gip ymbilgar i gyfeiriad ei Gweinidog fel pe'n apelio ato i beidio â'i gadael i foddi ar ei phen ei hun. Yna, sodrodd bâr o lygaid ffyrnig ar John James, 'Wel, dros fy nghorff marw i y ceith hi briodi'r mab 'cw.'

'Yn hollol,' ebe'r Cyfreithiwr yn cytuno â hi, yn annisgwyl iawn.

'Os ceith y Mulliganiaid 'u traed ar y buarth 'cw fydd dim byd sy'n symudol acw yn hir iawn.'

'Na, na,' pwysleisiodd John James, yr un mor wrthwynebus â Meri Morris, yr iâr uncyw, i'r syniad o briodas, 'fyddwn innau ddim yn hapus i'w gweld nhw'n priodi a ddim yn eu cymell nhw i briodi, ddim ar unrhyw gyfri. Talu, hwyrach.'

'Talu ddeutsoch chi?'

'Ond mi rydan ni'n cyfri cywion rŵan, Musus Morris, cyn bod yr un cyw wedi deor.' Taflodd gip ar y stopwatsh oedd erbyn hynny yn prysur redeg ei hun allan o weind. Gan fod y 'deng munud union' wedi mynd yn awr, cododd John James ar ei draed i arwyddo y dylai'r ddau arall wneud yr un peth. Pwysodd y botwm i alw Miss Phillips, unwaith eto, i'w ŵydd.

'Mi ro' i wybod i chi, Musus Morris, pan fyddwn ni wedi

llwyddo i gael y rhestr i lawr i dri, hynny ydi, os bydd enw Mistyr Tecwyn Morris yn dal ar y brig.'

'Ond ma' Tecwyn, 'ngwas i, yn gwbl ddieuog,' sibrydodd Meri Morris, ei chrib wedi'i dorri a'r dagrau'n agos.

'Ma'n ddrwg gin i ddeud hyn, Musus Morris, ond fel cyfreithiwr i'r parti arall yn ogystal, ma'n rhaid i mi 'i ystyried o'n euog hyd nes y bydd ffeithau'n profi'n wahanol i ni. Wrth gwrs, ar ddiwadd y dydd, profion genetig fydd yn setlo'r matar yn derfynol. Ond merch ifanc ddymunol ryfeddol ydi Miss Coleen Mulligan, ddymunol ryfeddol.'

Daeth Miss Phillips drwy'r drws a golwg wedi hario arni, 'Roeddach chi'n galw, Mistyr James.'

'Oeddwn, Miss Phillips.'

'Diolch, Mistyr James.'

'Os byddwch chi, Miss Phillips, mor garedig â thywys Musus Morris a Mistyr Thomas i'r drws.'

'Â phleser, Mistyr James.'

'Diolch, Miss Phillips.'

'Diolch, John . . . y . . . Mistyr James.' (A dyna arwydd, fod y mur wedi'i ostwng at ei sylfeini.)

'Bora da, rŵan, Musus Morris, bora da.'

Ond roedd Meri wedi styrbio gormod i fedru ateb.

'A dymuniadau da i Mistyr Cadwaladr Morris hefo'r tail . . . m . . . y slyrri. A bora da, Mistyr Thomas. A chofiwch fi'n gynnas ryfeddol at Musus Thomas, yn gynnas ryfeddol. Bora da.'

Wrth gerdded allan, tu ôl i Meri Morris, ni allai Eilir lai na sylwi fod Miss Phillips, serch ei stiffni, wedi llwyddo i hongian stribed dal gwybed ffres i ddal y pryfaid eraill a fyddai mor ffôl â mentro i gynteddoedd John James, *James James*, *James John James a'i Fab*, *Cyfreithwyr*.

*   *   *

Yng nghlyw y Gweinidog, Cecil Humphreys, Cecil Siswrn, oedd y cyntaf i nodi dydd ac awr priodas John James, *James*

James, James John James a'i Fab, *Cyfreithwyr*. Ar y pryd, roedd pen Eilir at ei glustiau mewn basn molchi a Cecil yn datgelu'r newyddion iddo bob yn ail â rhwbio'i ben yn y modd ffyrnicaf.

'Dydd Mawrth, ar ôl *the usual Thanksgiving Monday* ma'r briodas,' datgelodd Cecil yn ei fwngreliaith arferol.

'Y trydydd dydd Mawrth ym mis Hydref, felly,' atebodd y Gweinidog, yn chwythu bybls yr un pryd.

'Os 'dach chi'n deud, siwgr. *You would know*. Ac ma' nhw'n mynd i ga'l *knees-up* wedyn, yn yr Afr Aur.'

'Felly,' ac yn cael mawr drafferth i ddychmygu Miss Phillips, na John James o ran hynny, yn prancio.

Wedi sychu'r gwallt â lliain hynod o fras, safodd Cecil gam yn ôl a chymryd arno flagardio'i Weinidog, 'Mistyr Thomas bach, pwy dorrodd ych gwallt chi ddwytha', *if I may ask?*'

Teimlodd Eilir euogrwydd ci wedi bod yn lladd defaid – nid ei fod wedi torri unrhyw gyfraith foesol. 'Wel, Olifer Parry, Oli Paent fel ma' nhw'n 'i alw fo. Mae o wedi colli'i iechyd fel y gwyddoch chi, ac wedi dechrau torri gwallt pensiynwyr yn y cwt s'gynno fo yn yr ardd.'

'*I thought as much*. Ydach chi ar ych pensiwn, siwgr?'

'Digwydd bod yno yn ymweld ro'n i, a fynta'n cynnig i dorri o i mi, a finnau'n meddwl . . .'

'Ac hefo be' torrodd o'ch gwallt tlws chi, os ca' i ofyn? *Hedge Trimmer?*' Rhoddodd Cecil ei ddwylo ar ei ochrau a mynd yn dwrnai'n syth, 'Fasach chi, cariad, yn lecio gweld William Thomas, Bethabara View, yn pregethu yng Nghapal y Cei, *our chapel*, bob Sul?'

'Wel, ddim bob Sul, hwyrach.' Wedi claddu'i wraig dechreuodd William Thomas fynd o gwmpas i gau bylchau ar y Suliau – pan na fyddai yna wasanaeth ym Methabara. Yn ôl a glywodd Eilir, roedd pregethau'r hen William y pethau tebycaf i bellen o linyn a honno wedi drysu'n llwyr. Ar ben hynny, roedd o'n draddodwr mor ddifrifol o wael fel ei bod hi, ar un ystyr, yn werth mynd i wrando arno – unwaith.

'*Leave it to the professionals*, cariad. Dyna fy nghyngor i i chi. Jasmine, *dear*,' a gweiddi ar un o'r angylion ifanc a hofrannai o'i gwmpas, 'pasia'r *detangler* i mi, *sweetie-pie*. Ma' gwallt 'y Ngw'nidog annw'l i fel jyngl.'

Un o gasbethau Eilir oedd Cecil yn torri'i wallt. Petai o ddim ond yn ei dorri, ffwrdd â hi, popeth yn iawn, ond roedd o'n mynnu rhoi siampŵ i'w wallt, a sawl 'pŵ' arall i'w ben, gan oferu siarad drwy'r amser fel tap â'i wasier wedi gwisgo.

Ceisiai bicio i mewn i'r Siswrn Cecil *Scissors* pan oedd Cecil naill ai drws nesa yn y Tebot Pinc neu yn y Porfeydd Gwelltog, y Cartref Preswyl newydd ym Mhorth yr Aur, a chael un o'r genod a weithiai yno i wneud y gwaith. Ond os deuai Cecil i'r golwg, y driniaeth lawn, boenus amdani a Llanfairpwll-gwyngyll o fil ar y diwedd.

Pan oedd y '*detangler*', chwedl Cecil, yn treiddio o'r brig i'r bôn daeth Cecil i eistedd ar fraich y gadair, yn hynod o agos ato. 'A 'dw i'n mawr obeithio na fydd Mistyr James, ddim gwaeth.'

'Wedi priodi.'

'M!'

''Ddyla' fod yn well. Ca'l rhywun i rannu'r tŷ mawr 'na hefo fo.'

'M!' awgrymog arall oedd unig ymateb Cecil.

Ceisiodd Eilir droi trwyn y sgwrs i gyfeiriad arall, 'Ac mi fydd yn chwith i chithau heb Coleen, pan briodith hi.'

'*You're telling me*. Ma' hi wedi gada'l, Mistyr Thomas, *and not a moment too soon*. Dim ond *sideways* oedd hi'n medru syrfio'r *all-day breakfast*.'

'Ond roedd hi'n un dda am weithio.'

'*Excellent*, fel y teulu i gyd. Ond bod nhw fel cangarŵs, Mistyr Thomas. Un bach newydd gyrra'dd y *pouch*, a'r nesa'n darllan y map.'

'Wel ia. Dyna'u gwendid nhw, mae'n debyg.'

Safodd Cecil gam yn ôl, fel cawr am redeg gyrfa, ''Dw i'n

meddwl, siwgr, ma'r *wet look* fydd hi tro yma. Jasmine, blodyn, *the scissors!*'

'Be?'

*　　*　　*

Ddaru Shamus Mulligan ddim nabod y Gweinidog am funud, â'r olwg wleb arno. Pan gerddodd Eilir heibio, roedd y Tincer yn sefyll yn ymyl Siop Flodau Moss Bank yn goruchwylio'i hogiau yn aildoi to fflat estyniad i'r siop, yn ei het felfaréd a'r gôt felen pob tywydd.

'Sudach chi, Shamus?'

''Nes i dim nabod chdi, Bos. Ydi pen chdi 'di bod yn glaw?'

'Na, wedi bod hefo Cecil ydw i, yn ca'l torri 'ngwallt, a'i olchi o – gwaetha'r modd.'

'Boi od, ia?'

'Wel . . . be' ddeuda' i? Gwahanol.'

'Hei, 'ti 'di clywad am Coleen, Bos?' ebe'r Tincer yn frwd a'i gwpan llawenydd yn llifo drosodd.

'Be', 'i bod hi'n disgw'l rhagor o deulu?'

'Ma' fo'n priodi, cofia.'

'Boi o'n capal ni?' holodd y Gweinidog yn achub y blaen ar Shamus am unwaith.

''Ti 'di ca'l bwl tro cynta', Bos. Boi neis, cofia. A ma' fo'n rolio mewn *lolly*.'

'Fydd hynny yn ryw gymaint o help. Ydw i'n 'i nabod o, tybad?'

'Ma' fo'n *proud* o bod yn capal chdi, cofia. A ma' fo'n sôn lot am capal, ia?'

'O!' A dechrau amau rhai o'i Flaenoriaid.

'Ond fedar Shamus dim deud pwy 'di o, dim just rŵan. 'Tydi *papers* o dim 'di dŵad yn ôl o'r *forensic* tan fory.'

''Dw in gweld.'

Yna, aeth y Tincer yn ymddiheurol, yn ddagreuol bron, 'O'dd Shamus isio fo ca'l priodi yn capal mawr chdi, wrth ma' boi o fan'no sy' 'di saethu. Ond ma' Coleen isio fo digwydd yn capal Cathlics, wrth bod Yncl Joe MacLaverty yn dŵad drosodd.'

''Dw i'n gweld.'

'A fo sy'n mynd i' rhoi o i ffwrdd, a fo sy'n talu am lush.'

'Ond i'r bedyddiadau bydd MacLaverty yn dŵad drosodd fel rheol.'

''Ti'n iawn, Bos. Ond os ydi syms Coleen'n iawn, a ma' fo'n meddwl bod o, e'lla medrith Yncl Joe lladd dau deryn hefo un carrag.'

'O?'

'Achos 'di o dim yn mynd yn ôl hyd am dau d'wrnod wedi'r priodas.'

Roedd Eilir yn llawen iawn o glywed mai wrth allor yr Eglwys Gatholig leol roedd Coleen yn mynd i dynhau'r cwlwm ac nid yng Nghapel y Cei, o gofio fel y bu pethau pan briododd Nuala, merch hynaf y Mulliganiaid yno, a'r Gwyddel o werthwr mawn o Connemara yn troi gwasanaeth crefyddol yn syrcas – er yn gwbl anfwriadol.

Yr union ddigwyddiad hwnnw a oedd ar feddwl Shamus hefyd, ond bod ei ddehongliad ychydig yn wahanol, ''Ti'n cofio priodas Nuala, a Yncl Joe yn agor 'i geg ar amsar rong a Tad Finnigan yn rhoi cythra'l o stîd iddo fo? Priodas joli, 'te Bos?'

'Ia, debyg.'

'Ond ma' Musus am rhoi infeit i chdi, ac i Musus chdi, i'r dŵ. A ma' Coleen am gofyn i Tad Finnigan gei di part bach yn y peth.'

'Diolch i chi, Shamus,' er nad oedd y diolchgarwch yn codi o eigion ei galon.

Daeth gwaedd oddi wrth un o'r bechgyn ar ben y to fflat, yn rhegi'r tad am fod y ffelt ar ddarfod, a bu raid i Shamus ffarwelio yn y fan a rhedeg am y lori i chwilio am shiten ychwanegol. ''Na' i gweld chdi yn y briodas, ia Bos?'

'Ia. Iawn, Shamus.'

*   *   *

Priodas John James, *James James, James John James a'i Fab*, *Cyfreithwyr*, a Coleen, merch Shamus a Kathleen Mulligan oedd priodas y flwyddyn yn Mhorth yr Aur ond am resymau cwbl annheilwng. Disgyblion y torthau oedd y rhan fwyaf a ddaeth yno i wylio a'r gwahaniaeth oed rhwng y ddau yn pigo'u dychymyg. Unwaith yn rhagor, wysg ei hochr y llwyddodd Coleen i droi'r gornel i gyfeiriad yr allor ac ewythr ei thad, Jo MacLaverty, cyfanwerthwr y *Connemara Peat*, yn gwthio o'r tu cefn.

Bu'n briodas 'joli', fel y proffwydodd Shamus, a chafodd Eilir ran i'w ddarllen yn y Gwasanaeth – wedi i'r Tad Finnigan dderbyn caniatâd arbennig oddi wrth y Pab! Cyn belled ag yr oedd y Gweinidog a'i wraig yn y cwestiwn, bu'n briodas rhy 'joli'. Daeth Jo MacLaverty drosodd o Ballinaboy, mewn da bryd, wedi'i arfogi â photeleidiau o'r potîn angheuol hwnnw a fragwyd yng nghorsydd gwlybion Connemara ac roedd y Tad Finnigan ac yntau wedi'u oelio'n dda cyn dechrau'r briodas.

Cymraeg oedd iaith y Gwasanaeth yn bennaf, ond pan ddaeth yn amser i gwestiynu Jo MacLaverty, a oedd yn rhoi'r briodasferch ymaith, penderfynodd Finnigan droi i'w Saesneg Gwyddelig er mwyn i MacLaverty fedru deall yn rhwydd, ond oherwydd y wisgi tatws a yfodd roedd ei glyw yn llai eglur nag erioed.

'*Who gives t'is woman to be married to t'is man?*'

'*Pardon, Father?*'

Aeth y Tad Finnigan i weddi'n hyll, '*An' who gives t'is woman to be married to t'is man?*'

'*Indeed, t'is me nephew, Shamus.*'

Aeth yr offeiriad i frigyn uchaf un y caets, '*It's not Shamus. It's you, Jo MacLaverty. You nincompoop!*'

'*Ah, it is indeed, Father. And t'e best of health to you,*' a chodi gwydryn dychmygol o'r wisgi cartra' i arwyddo'i ddymuniadau da.

'*T'at's better. And t'e best of health to you,*' a chodi gwydryn cyffelyb i gydnabod y dymuniadau da.

Roedd John James, hefyd, yn dechrau mynd yn drwm ei glyw a châi drafferth i ddeall Cymraeg Gwyddelig y Tad Finnigan. Aeth pethau i gors pan ddaeth niwl dros feddwl yr Offeiriad – effaith bod ar ei draed hyd berfedd nos yng nghwmni MacLaverty – a dechrau cymysgu gwryw a benyw.

Trodd y Tad Finnigan i wynebu John James a gofyn yn siriol iddo, 'Ac a gymeri di y mab hwn yn ŵr priod i ti?'

Fel Cyfreithiwr gofalus, edrychodd John James yn fanwl o'i gwmpas rhag ofn bod yna bartner ychwanegol yn y Cyfamod Priodas a disgynnodd ei lygaid ar John Wyn, y Cofrestrydd. Atebodd gyda phendantrwydd, 'Na chymeraf.'

Wedi i'r Cofrestrydd roi arweiniad digon ffiaidd iddo, cafodd y Tad Finnigan hyd i'r brawddegau priodol yn y Llyfr Gwasanaeth ac aeth y briodas annisgwyl ymlaen gyda charlam.

Bu traffig Porth yr Aur ar stop am ran o'r pnawn am fod faniau a lorïau y Mulliganiaid yn blocio sawl stryd ochr ac yn mygu pob dihangfa.

Byr amser arhosodd y Gweinidog a'i wraig yn y brecwast priodas yn yr Afr Aur – dim ond digon i lyncu'u bwyd – oherwydd roedd pethau'n dechrau mynd yn flêr yno am dri o'r gloch y pnawn. Yn ôl a glywodd y ddau yn ddiweddarach, roedd hi'n lluchio cadeiriau digon prysur a throi byrddau yno cyn ei bod hi'n bump. Bu rhaid i'r Cwnstabl Carrington – Llew Traed – gadw rhai o hogiau Shamus ym mharlwr ei dŷ nes roedd hi'n fore a chafodd John James ddigon o achosion cyfreithiol i'w hymladd wedi'i briodas, i gadw'i wraig newydd ac yntau mewn meillion am fisoedd lawer.

Fin nos, bythefnos yn ddiweddarach, roedd y Gweinidog a'i wraig yn eistedd o bobtu'r tân yn adolygu'r briodas. Y pnawn hwnnw, roedd Eilir wedi teithio heibio i Cyfarthfa, ar ei ffordd i'r wlad, ac wedi sylwi ar y swing newydd, un goch a melyn, roedd John James wedi'i choncritio i'r ddaear yn yr ardd ffrynt. Ond wrth ddychwelyd, ac edrych i'r un cyfeiriad, cafodd fwy o sioc: yn eistedd ar y swing, yn ei ddu cyfreithiol, ac yn siglo'n ôl a blaen, roedd John James ei hun ac un bychan, gwyn, yn ei arffed.

'Dyna be' 'di gwirion hen,' ebe Ceinwen yn wfftio at y peth.

'Ia, debyg,'

'Teimlo dros Miss Phillips 'dw i, Cein.'

'Ia, wedi ca'l 'i gada'l ar y silff. Finna' 'di meddwl bod pethau'n cynhesu rhwng y ddau.'

Bu saib yn y sgwrsio. Eilir yn dal i fyfyrio uwchben y sefyllfa a Ceinwen yn brigbori tudalennau Porth yr Aur *Advertiser* a oedd newydd gyrraedd.

Rhoddodd Ceinwen waedd, ''Ti 'di gweld hwn!'

'Sut medrwn i?'

'Y dudalan flaen, paragraff yn y gwaelod,' a lluchio'r papur newydd i arffed ei gŵr. '*Mama mia!*'

Darllenodd y Gweinidog y paragraff yn hamddenol a'i lygaid yn mynd yn fwy soserog gyda phob sill: ' "Dydd Sadwrn, yn Bethabara (B), unwyd mewn priodas Miss Hilda Phillips, 2 Trem y Machlud a Mr William Thomas, Bethabara View. Cynhaliwyd y wledd briodas yn Festri Bethabara ac ymadawodd y ddau yn sŵn dymuniadau da lliaws cyfeillion i dreulio eu mis mêl yn Bourton-on-the-Water".'

''Ti'n meddwl, Eil, bydd isio swing yn Bethabara View?'

'Ym Mhorth yr Aur ma' pob peth yn bosib'.'

CYFRES CARREG BOETH
Pregethwr Mewn Het Person
Hufen a Moch Bach
Buwch a Ffansi Mul
Babi a Mwnci Pric
Dail Te a Motolwynion
Ffydd a Ffeiar-Brigêd

CYFRES PORTH YR AUR
Cit-Cat a Gwin Riwbob
Bwci a Bedydd
Howarth a Jac Black
Shamus Mulligan a'r Parot
Eiramango a'r Tebot Pinc